자박자박 걸어요

내 삶에서 챙겨야 할 소중한 것들을 위해

자박자박 걸어요

김
홍
신

에
세
이

해냄

소중한 것은 바로 내 옆에

히말라야 정상을 오르는 산악인들이 극한의 고통을 이겨
내기 위해 꺼내 드는 진통제가 무엇일까요. 바로 '좋은 생각'이
라고 합니다. 해낼 수 있다, 잘할 수 있다, 나 혼자가 아니다,
이 고통을 겪어야 정상에 오른다, 정상에 오르면 행복해진
다……. 이런 생각을 하면 고산증이나 육체의 통증도 견딜 수
있다고 합니다. 나쁜 생각을 하면 좋은 생각을 할 때보다 더
많은 산소와 에너지가 소비되고, '두렵다, 고통스럽다'고 생각
하면 힘이 빠지게 된다고 합니다.

저도 안나푸르나 트레킹을 하며 너무 힘들어 때려치우고 싶

었을 때, 일행 중에 여러 번 트레킹을 했던 후배가 "이 지독한 고통을 통과해야 진짜 희열을 맛보고 인생의 자랑거리가 생긴다"고 하는 바람에 기를 쓰고 트레킹을 마무리할 수 있었습니다. 트레킹을 혼자 했다면 중간에 포기했을 수도 있지만 일행이 서로 돕고 격려하며 안내인과 포터와도 함께 어울렸기에 고통을 통과하고 희열을 맛볼 수 있었습니다. 그것이 곧 더불어 사는 방법이며 품앗이요 두레이자 어울림이었습니다.

우리나라는 세계에서 가장 못사는 나라에서 가장 빨리 잘사는 나라를 만들어 '3050클럽 국가'가 됐습니다. 인구 5천만 명에 1인당 국민소득 3만 달러를 돌파한 세계 일곱 번째 나라가 된 것입니다. 앞선 여섯 개 나라는 모두 식민지를 거느렸던 나라인데 우리나라만 식민 지배를 당했고, 지하자원이 부족했으며, 절대빈곤국가에, 동족상잔을 겪었고, 아직도 철조망에 가로막힌 섬나라 형상입니다. 그럼에도 산업화와 민주화를 동시에 이룩한, 기적을 일군 나라로 평가받았습니다.

기적을 일군 한민족의 DNA에 남다른 게 있다고들 하는데 그중 하나로 한국인의 '품앗이 정신'을 꼽습니다. 강수량 1,000밀리미터 이하 지역은 주로 밀농사를 짓고 개인주의가 발달합니다. 그러나 우리처럼 강수량 1,000밀리미터 이상의 산악·농경 국가는 벼농사를 짓기 위해 더불어, 함께하지 않으면 안 되었기에 품앗이 정신이 발달했습니다. 굳이 사례를 일일이 열거하지 않아도 한국인의 육신 품앗이는 게으르지 않았고 정신 품앗이도 푼푼했기에 선진국에 바싹 다가섰다고 할 수 있습니다.

하지만 그렇게 살 만큼 살게 되었음에도 지금의 우리는 행복도가 낮아졌고, 품앗이가 느슨해졌으며, 눈짓과 말짓이 거칠어졌습니다. 기적을 일구었으나 기쁨을 잃어버렸고, 배고픔은 해결했으나 배 아픔을 해결 못 했다는 소리를 듣게 되었습니다.

그래서 사람 사는 세상의 따스한 이야기를 하고 싶었습니다. 저는 그동안 수필문학의 디딤돌이란 평가를 받는 잡지 《월간 에세이》에 연재를 해왔는데, 100회를 연재했으니 그 시간이 8년 4개월이요, 200자 원고지 1,000장에 글자 수로는 20만 자를 썼습니다. 그중에 의미 있는 글을 골라 이 책에 담았습니다. 다른 문예지에 실렸던 글 몇 편도 담고, 불안한 시대를 함께 잘 건너가보자는 용기를 드리고 싶어 새로 글을 적어 넣기도 했습니다.

코로나19 사태가 가라앉아도 세계가 한 울타리 안에 있기에 또 다른 역병이 닥칠지 모릅니다. 그럴수록 가까운 존재, 소소한 것, 내 곁에 있는 사람을 소중하게 여겨야 합니다. 이제는 스스로 위로받을 수 있는 것을 찾아야 합니다. 코로나 사태가 우리 삶에 교훈을 남겼는지 모릅니다. 죽기 전에, 살아 있는 동안 재미나고 즐겁고 건강하게 두루 어울려 살아야 한다는 가르침을 준 것 같습니다.

이제 나와 남에게 웃어주고 위로하고 박수 보내고 기도하며 품앗이해 주어야 합니다. 내 마음을 열어놓고 행복, 희망, 건강, 기쁨을 향해 자박자박 다가가야 합니다.

봄을 맞으며

김홍신

차례

여유와 쉼이 필요한 당신에게

1장

"자박자박 한눈팔며 살아보세요."

가슴이 철렁했다. 앞만 보고 힘차게 걸으라는 말은 들어봤어도 한눈팔며 살아보라는 말은 생경하기만 했다. 나는 비교적 세상에 널리 알려진 사람이고 다양한 사회 활동을 했기에 으레 남의 시선을 의식하며 살아왔다. 바른 척, 청렴한 척, 겸손한 척, 검소한 척을 하며 살았고 잠시라도 한눈팔면 단박에 명예가 실추되는 것으로 알았다.

짜깁기 인생

　　문학 강연을 마치고 모인 자리에서 지인들과 어울려 분위기에 취하다 보니 한 잔 술로는 아쉬워 거나하게 마셨다. 일행과 헤어지며 계단을 헛디뎌 넘어졌고 양복바지에 콩알만 한 구멍이 생겼다. 무릎의 작은 상처는 소독하고 연고를 발랐으나 구멍 난 새 양복바지가 문제였다.

　　날이 밝은 뒤 동네 세탁소 서너 군데에 짜깁기를 할 수 있는지 물었더니 "요즘은 짜깁기 해달라는 사람이 없고 짜깁기 기술자도 없다"고 했다. 바짓단이나 허리춤에서 천을 오려내어 구멍 난 부분을 날실과 씨실로 엮어 원단을 재생하는 것이 짜깁기다. 그렇게 구멍 나거나 해진 옷을 수선해 입던 시절이 엊그제 같은데, 요즘은 짜깁기해서 입는 사람이 거의 없다고 한다. 짜깁기 비용이 적잖으니 새로 사 입으려 할 수도 있다. 살림살이가 풍족해졌기 때문이라는 긍정적인 생각과 헤퍼졌다는 아쉬운 느낌이 동시에 들었다.

여기저기 수소문한 끝에 택배비를 들여야 할 만큼 먼 곳의 수선집으로 바지를 보냈다. 짜깁기 비용은 3만 원이라고 했다. 그래도 새 바지를 사는 것보다 훨씬 저렴해서 마치 양복바지를 하나 싸게 구입한 기분이었다. 한편으로는 나 말고도 짜깁기 맡기는 사람들이 어딘가에 더러 있다는 사실에 나만 옛날 방식으로 사는 게 아니라는 위안을 받았다.

짜깁기 수선을 맡긴 날, 나는 '짜깁기 인생'에 대해 생각을 했다. 불과 얼마 전까지만 해도 조문이라면 동년배의 부모였고 결혼식은 동년배의 자녀 혼사였다. 그런데 요즘은 동년배의 장례식이 많아졌다. 한국인의 평균 수명보다 이른 나이임에도 동창생들과 고향 친구들 중에 이승을 하직한 사람이 적지 않다. 영안실에 모인 우리들은 고인의 이야기를 나누다, 순탄하게 살다 가는 사람이 드물다는 생각을 하게 된다. 겉보기에는 성공한 사람이요 부족한 게 없을 것 같았는데, 갖가지 상처로 아프고 애태우며 살았다는 걸 알게 될 때가 많다. 진작에 술잔을 기울이며 위로해 주지 못한 게 못내 후회스럽기도 하다.

살다 보면 누구에게나 어려움이 찾아오고 마음에 들지 않는 일이 생길 수 있다. 그러나 현재 가진 것만으로도 얼마든지 새로 시작할 수 있다는 긍정적인 생각으로 부족한 부분을 조금씩 개선해 나가는 '짜깁기 인생'을 살다 보면 희망이 생겨나게 된다.

인생의 씨실은 좌우를 균형 있게 다스리는 것이니 인연을 잘 갈고 닦으며 사랑과 용서의 실을 튼실하게 하고 베풂과 배려의 끈을 잘 여며서 두루 화목을 도모하는 것이리라. 인생의 날실은 상하를 조화롭게 하는 것이니 상(上)은 이상을 꿈꾸되 바른 시선으로 높이 올려다보아 내딛음이 온당하며 앞서가되 뒤돌아보는 지혜를 품으라는 뜻이리라. 하(下)는 마음의 깊이를 잘 파내어 맑음으로 채우고 앎의 무게를 잘 조절하면서 심사를 그윽하게 하여 뭇사람의 존중을 받으라는 뜻이리라.

이렇게 씨실과 날실을 잘 엮어 인생의 흠집을 짜깁기한다면 누가 뭐라고 해도 잘 산 사람일 것이다. 보통 출세하고 성공하여 이름깨나 알려진 사람들이 그런 인생의 주인공이라고 생각하기 쉽다. 그러나 유심히 살펴보면 평범함 속에 진리가 있듯이 평범한 사람들의 씨줄과 날줄이 더 곱고 알차고 견고하다는 걸 알 수 있다.

　나는 짜깁기 수선을 맡기며 문득 훗날 뒷사람들이 나를 어떻게 평가할까 싶어 조심스러운 마음에 남은 인생을 내 역량 안에서 최선을 다해 살아야 한다고 다짐했다. 하는 데까지 하다가 내 힘으로 부족한 것, 내가 못하는 일은 남에게 도움을 받으면 된다. 내게 도움 준 사람에게 나도 다른 방법으로 갚을 수 있을 것이다. 우리는 혼자 사는 게 아니다. 함께 살아가야 하는 사람들이다.

　어느 원로 철학자는 100세에 다다르니 친구가 하나도 없어 외로움이 절실하다고 했다. 아내가 없는 것보다 마음 터놓을 친구가 없는 게 더 견디기 어렵다며 오래 사는 게 꼭 좋은 것만은 아니라고 했다. 문득 내가 좋아하는 친구들이 사라진다면 어떨까 생각했다. 갑자기 외로움, 암흑, 무인도, 동굴, 갇힘, 고독 같은 부정적인 단어가 떠올랐다.

　"어떻게 하면 오늘도 행복하게 살까?" 하는 마음으로 친구들과 푼푼하게 정을 나눌 궁리를 해본다. 어떤 사건에 연루되어 한동안 외출을 하지 못했던 사람이 만나자마자 내 손을 힘껏 잡으며 "친구들을 못 만나는 게 바로 지옥 같았다"고 했던 말이 떠오른다.

부족한 부분을 조금씩 개선해 나가는

'짜깁기 인생'을 살다 보면 희망이 생겨난다.

흠집을 짜깁기하며

인생의 씨실과 날실을 잘 엮어나가면

누가 뭐라고 해도 잘 산 사람이다.

생계형 낭만주의자

　단풍 색깔이 곱던 어느 가을 날, 일행 중에 누군가 "첫눈 오는 날 여기서 만나자!"고 했다. 첫눈 오는 날 그리운 얼굴이 떠오르면 청춘, 미끄러운 눈길을 걱정하면 늙은이라 했는데 모두 이구동성으로 그러자고 약속했다. 세월의 더께에 눌려 사는 '연식'이 제법 되는 사람들이 옛 추억을 한 자락씩 떠올리는 눈치였다. 각자 젊은 시절 첫눈에 얽힌 아릿한 추억이 있을 거라는 어림짐작을 하면서 술잔을 기울였다.

　인생에서 낭만이 없으면 부레 없는 물고기 같은 거라고 우기던 소싯적 내 모습을 떠올려보았다. 언젠가 첫서리가 내리던 날, 운전하며 대로를 달리는데 바람을 따라 데구르르 구르는 파도 같은 낙엽이 장관이었다. 마치 낙엽으로 만든 동산이 무너져 내리는 듯했다. 나는 급히 브레이크를 힘주어 밟았다. 자연이 아니고는 도저히 표현할 수 없는 예술작품이 눈앞에 펼쳐지는데 차마 차로 짓밟으며 달려갈 수가 없었다. 뒤따르던 자동차들이 경적을 울렸지만 나는 낙엽이 지나갈 때까지 잠시 멈춰 있었다. 사정이 급한 사람의 갈 길을 막았을 수도 있지만 왠지 내게 낭만의 종소리가 울리는 듯해서 자랑삼았던 적이 있다.

어느 날 밤, 저녁식사를 마친 후 원고 정리를 하고 있는데 문자 메시지가 왔다. 첫눈이 오는 날 모이기로 했는데 왜 안 오느냐고 했다. 나는 무슨 첫눈이냐고 따지듯이 답장을 보냈다. 괜히 심심하니까 쳐보는 장난이거나 번개팅을 하자는 것쯤으로 생각했다. 첫눈 오는 날 모이자던 사람들이 다 모였다는데 왜 나만 첫눈 온 걸 몰랐는지 확인해 보았다. 새벽녘 서울 일원에 진눈깨비가 내렸고 북한산에 눈이 내려 기상청에서 첫눈으로 인정했다기에 결국 부지런히 약속한 장소로 갔다.

아담하고 소박하지만 맛깔스러운 음식점에 그날은 빈자리가 없을 정도였다. 벌주 석 잔을 마시는 동안 우리 일행 말고도 등 뒤에서 첫눈이라느니, 첫눈답지 않다느니 하는 소리가 들렸다. 첫눈이라고 하기엔 아쉬운 정도였고 아니라고 하기에는 다소 눈의 흔적이 남아 있는 날이었다. 연인들은 실랑이깨나 했을 것 같다. 첫눈도 첫사랑 같아서 흔적은 남았지만 모양이 선명하지 않은 것 같다. 첫눈이나 첫사랑은 아련한 추억의 창고인 것만은 분명하다.

1980년대 초반 MBC 심야 라디오 프로그램 〈영시의 플랫폼〉을 진행하던 시절 해외 취재 때문에 보름 넘게 자리를 비우게 되어 미리 녹음을 한 적이 있다. 하필 첫눈이 올 무렵이어서 몇 가지 상황을 가정하여 생방송처럼 녹음해야만 했다. 첫눈이 오다 말다 할 경우를 대비해 두루뭉술하게 말하는 것부터 첫눈 치고는 제법 많이 내렸다는 내용, 시내의 거리는 눈이 다 녹았고 응달에 흔적만 남아 있다는 내용, 첫눈답게 왔지만 날씨 탓에 금방 녹아버렸다는 멘트까지 다양한 버전으로 녹음을 해두었던 기억이 새삼스럽다.

술잔을 기울이며 첫눈에 얽힌 이야기를 나누다 보니 젊은 시절의 추억이 거의 비슷했다. 10년 후 1월 1일 오후 1시 정각에 서울역 시계탑 아래에서 만나기로 약속했지만 세월이 지나면서 잊어버렸다는 이야기가 남 얘기 같지 않았다. 20년 후에 명동의 그 다방에서 첫 만남을 기념하기 위해 꼭 만나되 만약 다방이 없어져도 그 자리에서 만나자는 약속도 한두 번쯤 해 보지 않았던가. 철석같이 약속했지만 세월이 흘러 약속한 상대조차 잊었거나 약속의 시효가 지났다는 생각을 하며 결국 추억의 갈피로만 남긴 듯하다.

다른 한편으로는 이런 망각이 살아가는 순리가 아닌가 하는 생각도 했다. 만약 사랑하던 사람들이 10년이나 20년 후에 영화처럼 약속대로 꼭 만난다면 세상사가 더 복잡해질 것 같기도 했다. 본디 낭만이란 실현성이 적고 매우 정서적이며 이상적으로 사물을 파악하는 심리 상태 또는 그런 심리 상태로 인한 감미로운 분위기를 뜻한다. 그래서 문학하는 제자들에게 각박한 현실을 살아가면서도 낭만을 잃지 않는 '생계형 낭만주의자'가 된다면 인생이 그렇게 지루한 것만은 아니라고 가르친 적이 있다.

아, 말만 그럴듯하게 하는 나는 언제쯤이나 소박한 낭만을 즐기게 될 것인가…….

각박한 현실을 살아가면서도 낭만을 잃지 않는

'생계형 낭만주의자'가 된다면

인생이 그렇게 지루한 것만은 아닐 것이다.

때로는 한눈팔며 살아부 세요

강연과 행사 때문에 지방 여행이 잦아서 KTX를 타는 데 익숙한 내가 기차를 잘못 탄 것을 안 것은 경부선 수원역에 정차했을 때였다. 오늘 이 시각에 내가 수원역에 와 있다는 건 기차를 잘못 탄 게 분명했다. 서울역에서 탑승할 때 평소와 달리 탑승객이 적다는 생각은 했지만 그러려니 했다. 특실 칸에 비치된 신문을 몇 개 고르고 물병도 챙기며 당연히 고속 직행열차라고 생각했다. 자리에 앉자마자 신문 읽기에 몰두했다. 대전역까지 한 시간밖에 걸리지 않기에 신문 몇 개를 모두 보려면 눈동자가 분주할 수밖에 없었던 것이다.

잘못 탄 줄로만 생각했다가 승무원의 친절한 설명을 듣고서야 경로만 다를 뿐이라는 것을 알았다. KTX 중 하루에 몇 편은 KTX 선로가 아닌 수원과 천안을 지나는 경부선 철길로 다닌다는 것이다. 경부선 철길로 달리는 KTX는 35분이 더 걸린다는 것도 알았다. 차표를 정확히 확인하지 않은 불찰이었다. 갑자기 35분을 손해 보았다는 짜증이 올라왔다.

그러다가 얼른 마음을 추슬렀다. 조금 시간이 더 걸린다고 해서 대전 행사에 늦을 일도 없었다. 오랜만에 옛 정취를 느끼며 창밖 풍경을 즐길 기회였다. 기차를 바꾸어 탈 수도 없는 상황이니 차라리 즐기자고 마음먹었다. 고속으로 달리는 KTX를 탔을 때와는 전혀 다른 감흥이 밀려왔다. 단풍이 물든 시골길, 연기 피어오르는 농가, 볏짚 묶은 곤포 사일리지 덩어리들, 철로 주변의 국도를 달리는 자동차와 경주하는 듯한 느긋한 속도, 꼬리를 흔들며 달리는 기차를 쳐다보는 강아지도 정겨웠다. 젊은 시절 무전여행을 다니던 추억까지 떠올랐다.

매사에 급하고 안달하며 사는 나 자신의 성급함을 새삼 생각해 보았다. 인생 상담을 해줄 때마다 "좀 느긋하게 사세요. 행복은 급하게 구할 수 있는 게 아닙니다"라고 말하면서 정작 나는 뭐가 그리 다급한지 분주하게 살고 있었다. 남에게는 행복하려면 비교법을 포기하라면서 내가 서 있는 줄이 느리다는 생각에서 벗어나지 못하며 살았다. 다수의 사람이 오른손잡이여서 오른쪽으로 몰리는 본능 때문에 왼쪽 줄에 서는 게 유리하다는 전문가의 분석이 그럴듯해서 왼쪽 줄에 서면 오른쪽 줄이 빠르다는 느낌이 들고는 한다. 마음이 조급할 때는 상대가 휴대전화를 빌지 않으면 눈감한 사람 취급을 했고, 관공서에서 번호표를 뽑아 들고 차례를 기다리는 시간이 길어지면 공직자의 성실성을 탓했다. 내 이런 조급증은 모두 세상 탓이려니, 느긋하게 살다가는 빼앗기거나 뒤처질 수밖에 없다는 핑계를 대기도 했다. 더구나 조급증을 부지런한 것으로 착각하며 나를 위로했는지도 모른다.

그런 내 모습이 안쓰러웠는지 지인이 조용히 충고했다.

"자박자박 한눈팔며 살아보세요."

가슴이 철렁했다. 앞만 보고 힘차게 걸으라는 말은 들어봤어도 한눈팔며 살아보라는 말은 생경하기만 했다. 나는 비교적 세상에 널리 알려진 사람이고 다양한 사회 활동을 했기에 으레 남의 시선을 의식하며 살아왔다. 바른 척, 청렴한 척, 겸손한 척, 검소한 척을 하며 살았고 잠시라도 한눈팔면 단박에 명예가 실추되는 것으로 알았다.

지인의 충고는 어쩌면 앞만 볼 게 아니라 주변과 발밑도 살펴보라는 뜻일 수 있다고 생각했다. 아니 더 정확하게는 조금쯤 흐트러지는 모습을 보여도 좋지 않겠느냐는 뜻이었는지도 모른다. 지금처럼 빳빳하게 세상의 시선을 의식하고 어떤 일에도 흔들리지 않는 척하며 살아봐야 나중에 후회할 수 있으니 주변의 좋은 사람들과 시간을 나누며 살라는 가르침일 수도 있다.

몸속으로 들어가는 것들로 육신이 만들어지고, 머릿속으로 들어가는 것들로 마음과 생각이 형성된다. 타고난 유전자의 기능을 바꾸는 게 운동이기에 현대인은 부지런히 운동해서 건강을 유지하려고 애쓴다. 세상이 점점 더 복잡다단해지면서 몸 건강 못지않게 마음 건강이 절실하게 되었고, 사람들은 마음 운동을 하려고 명상, 기도, 정진, 마음수련, 참선을 끊임없이 찾아다닌다. 아등바등하느라 경직된 마음이 쉴 수 있는 여유를 주려는 것이다.

완벽한 사람보다는 조금은 빈틈이 있는 사람을 더 좋아한다는 말을 믿을 작정을 했더니, 이제 나도 한눈을 팔 수 있을 것 같다는 자신감이 생겼다.

완벽한 사람보다는

조금은 빈틈 있는 사람이 좋다.

적당히 한눈팔며 살 수 있을 것 같다는

자신감이 생겼다.

장난이 그리워서

해마다 사월 초하루, 만우절이면 여기저기서 나를 속이려는 사람들이 갖가지 재치를 선보이곤 했다. 속지 말아야지 하고서도 깜빡 속아 넘어갈 때는 오히려 속은 내가 기분 좋기도 했다. 악의적인 거짓말이 아니라 서로 재미를 느낄 만한 작은 거짓말은 바쁜 일상 속에서 잠시 여유를 즐기게 해준다.

그런데 해가 갈수록 만우절에 나를 속여주는 사람이 점점 줄어든다. 장난칠 생각이 줄어들 만큼 하루하루가 피곤하고 사는 게 갈수록 힘들기 때문인 듯하다. 장난도 마음의 여유가 있어야 치는데, 하루하루 듣고 싶지 않은 답답한 소식만 들려오니 장난인들 치고 싶겠는가. 보도에 따르면 112나 119로 장난전화를 거는 숫자가 급격하게 줄어들었다고 한다. 물론 처벌이 강화되었고 전화번호 추적이 쉬워졌기 때문일 것이다. 하지만 꼭 그런 이유가 전부는 아니지 않을까.

그렇다고 세상이 투명하고 밝아진 것은 아니다. 오히려 입에 오르내릴 어두운 이야깃거리는 더욱 많아지고 있다. 하긴 사회 지도층이라고 하는 이들 사이에 거짓과 사기가 난무하고 정치판에선 비열한 작태가 만연한데 웬만한 거짓말과 장난이 통할 리 있겠는가. 그래서 우리 사회 전체가 큰 거짓말의 잔치판으로 변하지 않았나 싶을 때가 있다.

오랜 기간 다른 나라의 지배를 받은 국민은 '잘못했다, 미안하다'는 말을 잘 하지 않는다고 한다. 잘못을 인정하면 죽거나 모진 일을 당하기 때문이다. 다행스럽게도 한국인은 일제강점기 때도 강하게 저항했고 광복 이후 가장 빨리 경제 성장을 이루면서 자존심의 상처를 비교적 빠르게 치유했다는 평가를 받았다. 그래서 마음의 여유가 생겼고 관상이 좋아졌으며 평균 수명이 연장되었다고도 한다.

하지만 나는 요즘 주변에서 여유로운 모습을 찾을 수 없고,

만우절의 장난까지 점점 사라지는 것 같아 아쉽다. 우리에 갇힌 동물은 짝짓기를 잘 하지 않는다고 한다. 종족 보존의 본능을 잃어가는 것이다. 요즘 젊은이들이 연애와 결혼, 출산을 포기하는 건 동물원 같은 세상에 길들여졌기 때문인지도 모른다.

거짓말을 일삼는 리플리 증후군에 관해 연구한 영국 노팅엄 대학 시몬 게히터 교수와 미국 예일 대학의 조녀선 슐츠 교수팀은 "부패와 사기가 구조화된 나라에 사는 사람일수록 거짓말할 가능성이 크다"고 했다. 이런 연구 결과를 읽으며 가슴이 '찌릿' 아팠다. 대한민국이 부패와 사기로 구조화되지 않았다고 자신 있게 말할 자신이 없기 때문이다. 아이들과 함께 신문과 TV 뉴스 보기가 겁나고 여성 혼자 밤거리를 다니기가 무서운 세상이 되었다는 소리를 들으며 점점 세상인심이 각박해졌다는 걸 부정하기 어렵게 되었다. 그러다 보니 인간관계도 쉽지 않다.

불교에서 말하는 여덟 가지 고통 중 원증회고(怨憎會苦)라는 것이 있다. 미워하는 사람과 함께해야 하는 고통을 말한다. 미워하는 대상이 가까운 사람이 아닐 경우엔 문제가 어렵지 않다. 안 보면 되니까. 그러나 미운데도 같이 살아야 한다면 고통스러울 것이다. "지극한 도는 어렵지 않음이니 다만 사랑하고 미워하지만 않으면 된다"는 『신심명』의 한 구절이 있다. 외부 상황은 그대로 둔 채 내 마음이 구애를 받지 않으면 자유로워지는 것이다.

우리는 자기 욕구를 그대로 둔 채 외부 상황을 변화시켜 만족을 얻으려 한다. 그러나 외부 상황이 쉽사리 변하지 않으니 힘이 드는 것이다. "외부의 백만 대군을 이기는 것보다 자기가 자기를 이기는 자가 더 큰 장부다"라는 말도 있다. 자기 자신의 욕구, 감정에서 자유로울 수 있다면 우리는 고통에서 벗어나 행복해질 수 있을 것이다. 복은 꼭 행운의 형태로 오는 것만은 아니다. 불운이라고 생각했던 일이 시간이 지나 돌아보면 행운을 데려오기도 한다.

일흔 나이에 번역가의 길에 들어선 김욱 작가는 번역을 시작하면서 '시간이 얼마 남지 않았으니 한번 도전해 볼 수 있겠다. 실패한들 힘들고 괴로운 시간이 그리 길지는 않을 테니'라고 생각했다고 한다. 그러면서 인생이란 얻는 게 더 많은 '남는 장사'라고 했다. 재앙도 복으로 알고 받아들일 줄 아는 안목이 있다면 우리 인생에서 그 어떤 것도 복 아닌 것이 없을 텐데 나는 어찌 그런 안목이 모자라는가.

우리는 자기 욕구를 그대로 둔 채

외부 상황을 변화시켜 만족을 얻으려 한다.

자기 자신의 욕구, 감정에서 자유로울 수 있다면

고통에서 벗어나 행복해질 수 있을 것이다.

마음 만들기

　내가 초등학교에 다니던 1950년대 중후반은 물자가 하도 귀해 양말을 꿰매 신는 것은 당연하고 고무신도 덧대어 꿰매 신었다. 더 기궁한 집 아이들은 맨발로 다녔다. 먹거리가 없어서 양조장의 술지게미를 얻어먹고 학교에 왔다가 취해서 쓰러진 아이도 있었다. 요즘 사람들에게는 전설처럼 들릴 이야기다.

　유치원에 다닐 때 프랑스 신부님이 선물로 주신 프랑스제 연필은 글씨를 쓸 때마다 사각사각 소리가 나며 글씨가 선명해서 좋았다. 국산 연필은 침을 발라가며 꾹꾹 눌러 써야 했기에 공책 뒷장에까지 자국이 남고는 했다. 어느 날 프랑스제 연필을 잃어버리고 집에 와서 징징거리며 울자 어머니는 대뜸 "제 물건 간수 못 한 게 잘못이지. 남을 원망하지 말라"며 도리어 나를 야단치셨다.

그 시절 이야기를 비슷한 연배와 나누게 되면 어김없이 등장하는 게 연필, 지우개, 공책이나 책보 잃어버린 사연이다. 분실신고를 하면 선생님은 회초리를 든 채 한 반 학생 모두에게 눈을 감게 하고, 가져간 사람이 솔직하게 손을 들면 더는 죄를 묻지 않겠다고 설득했다. 손을 든 걸 본 사람은 선생님뿐일 것이고 책상 속에 그것을 넣어두면 나중에 선생님이 챙기겠지만, 만약 가져간 학생이 선생님을 속이면 불똥이 튀어 눈썹이 타거나 이마에 뿔이 난다고 했다. 우리는 선생님이 심장 소리만 들어보면 금세 잡을 수 있다고 한 말까지 철석같이 믿었다. 요즘에 학교에서 이런 식으로 범인 색출을 한다면 대번에 신문 기삿거리가 될 것이다.

어머니는 물건을 잃고 나서 남을 원망하지 말고, 절대로 남의 물건에 손대지도 말라시며 자주 학용품 검사를 했다. 바늘도둑이 소도둑 된다며 반드시 하느님이 아시고 무서운 벌을 내린다는 걸 성경 구절을 들어가며 가르치셨다.

친지의 집들이에 다녀오는 길에 신용카드, 운전면허증, 경비 보안 카드가 든 지갑을 분실한 적이 있다. 그것도 이튿날 오후에 외출하려던 참에야 알았다. 휴대폰에 뜨는 신용카드 사용 내역을 살펴보니 어제 이후 카드로 결제한 내역은 없었고, 경비 보안 카드는 여벌이 있어서 그나마 다행이었다. 신용카드와 경비 보안 카드는 분실신고를 하고 운전면허증은 새발급을 받았다. 겨우 15분밖에 걸리지 않았다.

지갑을 잃어버리고 나는 참 많은 생각을 하게 되었다. 주운 사람이 지갑 속 내 명함을 보고 전화를 해주거나 우체통에 넣어주면 얼마나 고마울까. 딸아이가 용돈을 모아 사준 지갑이었다. 분실한 지갑이 고스란히 돌아온다면 작은 정성이라도 표하고 우리나라가 살 만한 나라라는 자부심을 가질 수 있었을 텐데…….

그러나 마음 한구석에는 돌려주지 않을 거라는 생각이 똬리를 틀었다. 계좌이체를 잘못 해 보냈을 때 돈을 돌려받지 못하는 경우가 훨씬 많다는 것과, 주변에 지갑을 분실했던 사람 대부분이 돌려받지 못했던 사실이 떠올랐다. 분실한 휴대폰도 찾기가 어렵고 그걸 수집하여 해외에 판매하는 조직까지 있다는 기사도 마음에 걸렸다. 신용카드를 재발급받으러 은행에 가고 운전면허증도 발급받으러 다니면서 혹시 분실한 지갑이 돌아올까 기대했으나 아무 연락이 없었다. 나도 모르게 원망하는 마음이 생겼다. 모두 잃어버린 내 잘못이지 어찌 불특정한 사람들을 원망하고 세상인심까지 탓하는지 반성을 하며 스스로 마음을 다스리려고 '백팔배'를 했다.

그러면서 불교의 화작(化作)을 떠올렸다. 화작은 수행에서 최고의 단계로 인연에 따라 모양을 바꾸는 것이다. 나 자신이 환경에 맞게 변화하는 것, 세상의 모든 문제를 나 자신에게서 발견하는 것이 행복의 길이다. 그렇게 마음을 바꾸니 이번 일은 분실신고하고 재발급받는 요령을 습득하는 기회가 되었고, 지갑은 누군가에게 선물한 셈이며, 매사에 조심하며 살라는 가르침을 받은 귀한 경험이 되었다. 아, 그리고 보니 인생사는 모두 마음먹기에 달렸다.

내 마음의 모양을 바꾸면

행복의 길이 보인다.

인생사는 모두 마음먹기에 달렸다.

조금씩 고쳐가며 살자

병원 출입이 잦은 친구에게 안부전화를 걸었다. 젊은 시절 친구들 중에 가장 건강했던 사람이라 은근히 걱정되어 요즘 어떠냐고 물었다.

답이 걸작이었다. "고쳐가며 산다!" 하더니 소리 내어 웃었다. 감기에 걸려도 짜증을 내고 밤잠을 설쳐도 힘들어하는 내 모습을 생각하니 친구의 넉살이 부러웠다. 그러니 병원 출입이 잦으면서도 그리 밝은 표정으로 젊게 산다는 생각을 하게 되었다.

주변을 살펴보니 건강하고 재미나게 사는 사람들에게는 몇 가지 특징이 있는 것 같았다. 첫째, 부지런하고 둘째, 사람들과 잘 어울리고 셋째, 배우고 익히려고 애쓰고 넷째, 남과 비교하지 않고 자신을 존중하며 다섯째, 재담을 잘하고 유머 감각이 있다.

세상살이가 각박해진 탓인지 요즘 들어 웃음을 자아내는 장난기와 푸푸한 재담이 사라진 듯하다. 어리 면에서 점점 퇴힌 세상이 되어간다는 생각도 하게 된다. 마음의 여유가 없으면 누군들 재치 있는 농담을 할 수 있겠는가. 그만큼 사는 게 힘들어졌다는 걸 부정할 수 없다.

오래전 깊은 산속 작은 암자를 찾아간 적이 있는데, 연로하신 스님이 홀로 정진하고 계신 곳이었다. 그곳으로 나를 안내한 공무원이 겪은 스님과의 추억담을 들으며 배꼽을 잡았다. 스님이 암자에 기거하면서 살림이 조금씩 늘어나니까 손수 작은 헛간을 지은 뒤 땔감도 챙기고 고추장과 된장 항아리도 들이고 겨우살이 김장독도 묻어두었다고 한다.

어느 날 지역의 공무원이 방문해서 스님께 건축 허가도 받지 않고 불법으로 헛간을 지으시면 어떻게 하냐고 했더니 스님이 웃으며 말씀하시더란다.

"이 사람아, 내 전공이 불법 아닌가?"

공무원은 뒤집어질 듯 웃었다고 한다. '불법(不法)'을 '불법(佛法)'으로 받아친 스님의 재담은 잊히지 않는다.

겨울에는 상가(喪家) 출입이 잦게 된다. 검정 옷에 검은 넥타이를 할 수밖에 없는데, 요즘은 간편한 복장에 편한 얼굴로 문상을 하는 편이다. 미국의 조지 부시 전 대통령 장례식 장면을 보도한 언론에 따르면 그의 장례식은 상주와 조문객들의 '유머의 향연'이었다고 한다. 정중한 조문도 있었지만 주로 고인의 실수담이나 농담의 내용을 소개해서 장례식장을 웃음바다로 만들었다고 한다.

우리 민족도 고려 시대까지 장례를 축제처럼 치렀다는 역사학자의 연구 자료가 있다. 고려 시대 역사 기록에 따르면 고려인들은 장례식 때 북 치고 춤추며 떠들썩한 잔치를 벌였다고 한다. 그러던 것이 중국에서 성리학이 유입되면서 웃음이 사라지고 엄숙한 문화가 자리 잡았다는 것이다.

사람은 태어나면 반드시 죽는데, 올 때보다 갈 때가 더 아름다워야 하지 않겠는가. 경박하게 춤추고 노래하는 정도까지는 아니더라도 가는 사람에 대한 덕담과 실수담을 풀어놓는 푼푼한 잔치를 벌였으면 좋겠다고 생각했다. 그래야 살아 있을 적에 이야깃거리를 만들고 잘 어울리고 재미나게 살 생각을 할 것이다.

흔히 웰빙(Well-being) 시대에서 웰다잉(Well-dying) 시대로 바뀌었다고 한다. 그런데 따지고 보면 같은 의미이다. 잘 죽으려면 잘 사는 수밖에 없기 때문이다.

잘 살기 위해 임플란트로 치아 기능을 회복하고, 백내장 수술로 시력은 안정시키고, 인공 관절로 펄펄 다니고, 깃가지 성형수술로 젊음을 유지하기도 한다. 말하자면 고쳐 쓰는 것이다. 심지어는 간이나 심장 이식 수술로 건강한 삶을 즐기는 사람도 주변에 제법 많다. 나도 현대의학의 덕으로 시원찮은 치아를 임플란트로 대체했다. 평생 수많은 먹거리를 씹고 깨물었으니 멀쩡한 게 오히려 이상할지도 모른다. 앞으로 얼마나 살지 또 어떤 것을 고쳐 써야 할지 지금으로선 알 길이 없다.

그런데 몸이 고장 나면 서둘러 고치러 다니면서 마음이 고장 나면 왜 고쳐 쓰지 않는지 모르겠다. 몸이 다치면 병원에 찾아가면서 마음이 다치면 대수롭지 않게 여기는 것 같다. 내 마음을 지배하는 타성과 욕망과 자만 때문인 듯하다.

세상에서 가장 탁월한 의사는 자기 자신일 텐데, 나는 몸 고쳐야 할 때는 한껏 서두르고 마음 고쳐야 할 때는 딴청을 부린 것이다. 몸을 고치는 것은 자격증이 있는 의사가 필요하지만 마음을 고치는 것은 그저 자신을 지극히 사랑하면 해결되는 것이거늘 나는 왜 세상 탓만 했는지 살펴볼 참이다.

첫째, 부지런하고

둘째, 사람들과 잘 어울리고

셋째, 배우고 익히려고 애쓰고

넷째, 비교하지 않고 자신을 존중하며

다섯째, 재담을 잘하고 유머 감각을 가지면

건강하고 재미나게 살 수 있다.

잘 놀고 있습니까

저자의 출생연도가 적혀 있지 않은 책을 쉽게 볼 수 있다. 나이 먹는 건 누구나 피해갈 수 없는 일이니 당당히 밝히자는 생각으로 나는 출간하는 책마다 출생연도를 밝히곤 했다. 그러다가 어느샌가부터 슬그머니 적지 않는 잔꾀를 부리기 시작했다. 그런다고 나이가 숨겨지는 게 아닌데도 나이를 은근히 신경 쓰게 된 것이다.

스승께서는 나이 먹는 것은 단풍이 드는 것이고 꽃보다 아름다울 수 있다고 가르쳤다. 하지만 스승 앞에서 고개는 끄덕여도 마음으로 받아들이기는 쉽지 않았다. 위로하는 말이겠지만 흔히 나이 먹는 것은 '늙는 게 아니라 익어가는 것'이라고 한다. 외국의 어떤 배우가 사진사에게 포토샵을 하지 말라고 하며 주름살을 만드는 데 수십 년이 걸렸다는 말을 남겼다는 글을 읽고 참 멋지다는 생각을 했다. 그러나 그런 상황이 내게 닥칠 때는 썩 내키지 않는다.

종종 인터뷰할 때 기자가 '나이를 의식하느냐'고 물을 때가 있다. 그때마다 "되도록 의식하지 않으려 한다. 나이를 자꾸 의식하면 빨리 늙는다"고 대답하고는 했다. 그러면서 사람은 태어나 어쩔 수 없이 죽을 수밖에 없기에 잘 죽기 위해서는 가능하면 나이를 의식하지 않는다는 말도 덧붙였다. 말은 그렇게 하면서 평균 수명이 늘어나고 건강 상태가 좋아져서 요즘엔 실제 나이 곱하기 70퍼센트가 진짜 나이라는 소리에 솔깃해지고, 관상쟁이가 너끈히 100살은 넘길 거라고 말하면 기분이 좋아진다.

어린 시절, 사랑채에 모여 묵힌 술잔을 돌리던 어른들이 "세월은 도둑놈"이라고 하던 말을 귀동냥할 때는 그게 무슨 뜻인지 도저히 이해할 수가 없었다. 그런 내가 요즘은 세월은 도둑놈이니 빼앗기지 말고 흥정하라는 말을 스스럼없이 한다. 그러면 어떻게 세월과 흥정하는 게 좋으냐고 묻는다. 나이 드는 것은 놀다 가라는 명령이라고 대답하곤 한다. 그럴 때마다 사람들은, 그럼 당신은 잘 놀고 있느냐고 묻는다. "말은 그럴듯하게 하지만 나도 별수 없는 한국인"이라고 대답한다.

한국인 중에는 우여곡절을 겪으며 아슬아슬하게 살아온 사람이 수두룩하다. 누군가 노는 법을 가르쳐준 적이 없고 놀게 내버려두지도 않았다. 놀 수도 없었을 뿐 아니라 노는 건 죄악으로 여기던 시절이 길었다. 그만큼 절박했고 힘들게 살 수밖에 없는 시절이었다. 오죽하면 한국인들은 평균 수명이 늘어난 게 축복이 아니라 '걱정 수명에 대한 두려움의 연장'이라고 생각할 수밖에 없게 되었겠는가.

이탈리아에서 성악 공부를 한 어느 성악가가 유학 중에 커피와 밥을 공짜로 먹은 이야기를 들려주었다. 카페나 음식점에 들어가서 노래를 부르면 손님들이 박수를 보내고 주인은 커피나 음식을 주었다고 했다. 노래 연습도 하고 유학 비용도 아끼는 방법인 셈이다. 그런데 유학을 마치고 한국에 와서 이탈리아에서 하듯 카페나 음식점에 가서 노래를 부르면 이상한 사람 취급을 하거나 시끄럽다고 내몰기 십상이라고 했다. 그만큼 한국인들이 여유가 없는 것 같다는 뜻이었다.

사는 게 빠듯해서 매사에 즐길 여유가 없는 것도 사실이지만 세상이 변해도 놀이문화에 적응하지 못한 탓인지도 모른다. 밥상머리에서 말을 해도 안 되고 수저 소리를 내서도 안되고 밥풀을 흘려도 안 되고 국을 떠먹는 소리를 내서도 안되던 우리의 생활 예절과 문화가 이탈리아와 같을 수 없기 때문이다.

무학처녀 시절에 취재차러 다니며 소설의 소재로 삼은 동냥아치 왕초의 행동 양식이 문득 떠올랐다. 왕초는 밥을 얻으러 다니는 동냥아치들에게 "너희는 얻어먹는 거지새끼가 아니다. 집집마다 다니며 노래 품을 팔아 수고비를 받는 것이다. 그러니 각설이 타령을 제대로 구성지게 배워서 남을 즐겁게 해야 굶어 죽지 않는 법이다"라고 가르쳤다. 또 각설이 타령을 부를 때는 어깨춤에 발장단으로 스스로 즐겨야지 건성으로 부르는 것은 밥 도둑질이라고 했다. 스스로 즐거워야 구성진 가락이 나오고 그래야 밥 한술이라도 더 얻을 수 있다는 왕초의 가르침마저 아쉽다.

한국인들이 짊어진 등짐이 조금 더 가벼워져서 가벼운 몸짓으로 춤추고 노래하는, 잘 놀아도 되는, 세월은 그냥 두고 나이를 훔쳐가는 세상을 그려본다.

육신의 노동과

영혼의 즐거움을 함께 찾자.

등짐도 세월도 즐겁게, 가볍게.

나다움과 자유를 지키고 싶다면

2장

인생에서 '확신'이란 자기를 믿는 자존감 높은 사람이 스스로 세상의 주인이라는 걸 인정하는 것이다. 자존감을 가장 빨리 획득하는 방법은 스스로 누구인지를 알아차리는 것이고, 그것은 타인의 시선을 통해서 발견해야 한다.

아름답게 늙어가기

　　밤사이 기온이 급강하하고 비바람이 심할 거라는 일기예보를 보고 마당의 수도에 보온장치를 한 다음 보일러실 환기통을 신문지로 막았다. 추위가 닥치기 전, 소나무 아래 늘어놓았던 동양란을 다용도실로 옮기고, 다른 화분은 볕이 잘 드는 거실로 들여놓고, 유리창엔 '뽁뽁이'를 붙이고 커튼도 바꿔야 한다. 아침에 일어나 마당으로 나간 나는 가슴에 '싸아' 찬바람이 부는 느낌을 받았다. 그리도 무성하던 감나무 잎이 모두 땅바닥으로 떨어져 마치 폭탄이 투하된 듯했다.

　앙상한 나뭇가지를 보면서 인생도 그러하다는 생각을 했다.

혹독한 겨울을 견디기 위해, 죽음을 피하기 위해, 다시 움트기 위해 잎새를 남김없이 버려야 하는 게 나무의 생존 비법인 것이다. 고통 없는 인생이 어디 있으랴. 세상살이가 늘 평탄할 수 없다는 게 만고의 진리가 아닌가. 그래서 붓다와 예수의 가르침에 영혼의 상처를 다스리는 비법이 있는 것이다. 감나무는 생존하기 위해 잎새를 내려놓았고 그 낙엽늘이 세월을 엮어 거름이 될 것이다. 그런데 사람은 버려야 할 것들을 잔뜩 짊어지고 인생길을 힘겹게 걸어간다.

나 또한 이런 말을 할 자격이 없을 만큼 무거운 짐을 잔뜩 짊어진 채 힐끔힐끔 남이 짊어진 등짐을 부러워하고 있다는 걸 알아차렸다. 아니, 남의 등짐을 갖고 싶어 하거나 부러워만 했지 그 등짐이 그를 얼마나 고통스럽게 했는지는 몰랐던 것이다. 더구나 그가 등짐을 지키기 위해 얼마나 많은 시련과 질시와 고뇌를 견디고 애쓰며 노력했는지는 알지 못했다. 원하는 것을 얻기 위해 얼마나 많은 걸 버렸는지 알지 못한 것은 어리석음이 아니고 무엇이겠는가.

사건, 사고 기사를 보면 버려야 할 것을 움켜쥐고 있다가 망신당하는 사람이 많다. 내려놓지 못하고 버티다가 인생 망치는 사람들을 보면서 나는 지금 무엇에 매달려 있는지를 생각했다. 바쁘다는 핑계로 모임에 매번 참석하지 못하는 내게 사업가로 성공하고 노년을 즐기며 사는 선배가 말했다.

"그만큼 가졌으면 됐지, 무얼 더 바라나. 그대가 인생은 딱한 번뿐이니 잘 놀다 가지 않으면 불법이라고 하지 않았는가. 이제부터라도 우리 잘 놀다가 가세."

그 순간 내가 너무 많은 것을 움켜쥐려고 안달한다는 걸 알아챘다. 그런데 막상 무엇을 내려놓을까 생각하면 버리고 싶은 게 없고 모두 아까운 것들뿐이었다.

어느 날 강연을 마친 뒤에 어떤 분이 이렇게 물었다.

"내 나이 팔순이 되었는데, 세상을 헛산 것 같고 앞날이 걱정되고 남은 인생이 불안합니다. 어찌 살아야 할지 알려주십시오. 인생을 잘 살아오셨으니 귀한 말씀 부탁드립니다."

그런 질문에 답을 해줄 만큼 혜안을 가지지 못한 나는 당황스러웠다. 하지만 강연할 때 인생을 아는 체한 데다가 노인의 진지한 눈빛과 주변의 기대 때문에 어떻게든 대답을 해야 할 분위기였다.

"강연장에 오는 사람들 중에 선생님 연세에 혼자 이런 곳에 다니시는 분은 별로 없습니다. 선생님은 이미 성공한 인생입니다. 백발이 성성하지만 목소리에도 힘이 있고 자세도 꼿꼿

하세요. 제가 십 년 뒤 선생님만큼 건강하게 나들이할 수 있으면 참 좋겠습니다."

이렇게 서두를 꺼내고 이런저런 내 생각을 전했다. 그는 또 지금 후회되는 게 무엇이냐고 물었다. 가족과 화목하게 지내지 못했고, 돈 버는 데만 열중했지 잘 쓰지도 못했으며 친구들과 잘 어울리지 못했다. 또 근심 덩어리를 끌어안고 일에 파묻혀 잘 놀지 못한 것이 후회된다고 했다. 어쩌면 그 말은 나를 포함한 많은 한국인의 공통점인지 모른다. 다음 약속 시간에 쫓겨 긴 이야기를 나눌 수는 없었지만 내가 나한테 반성문을 쓰듯 그분에게 이런 말을 했다.

"앙드레 지드라는 프랑스 작가도 사람이 아름답게 죽는 것보다 더 어려운 것은 아름답게 늙어가는 거라고 했답니다. 내가 어디에 있든, 어떤 상황이든 주인 노릇을 하는 '수처작주(隨處作主)'를 되새기면 여생을 흔들리지 않고 살아갈 수 있을 겁니다."

말은 그럴듯하게 하면서 지키지 못하는 내 버릇도 고백했다.

내려놓은 낙엽으로

새 생명을 키우는 나무처럼,

움켜쥔 것은 내려놓고

후회 없는 삶을 준비하자.

혼자 누리는 자유는 행복이 아니다

숨만 쉬어도 나이 먹는 걸 느끼는 나이가 되면 세상만사를 유심히 바라보게 된다. 인생을 직선으로 살아보려고 애썼지만 인생은 곡선이라는 걸 알아차린 것도 나이 먹은 덕임을 알게 된다.

젊은 시절부터 등산을 좋아해서 산을 보면 마냥 좋다. 내가 그렇게 좋아하는데도 산은 이렇다 저렇다 반응이 없다. 그래도 서운하지는 않다. 그러나 내가 좋아하는 사람이 나의 마음에 반응하지 않으면 섭섭하기 그지없다. 꽃을 보고 예쁘다고 하면 꽃이 행복한 게 아니라 내가 행복하다는 걸 알면서도 사람은 어떤 대상을 좋아하면 그만큼 그 상대에게 대가를 바라기 때문이다.

늦겨울에 홍매화 분재를 선물로 받았다. 3일에 한 번씩 물을 주라는 말에 신경이 쓰였다. 분재를 길러본 경험으로 미루어 보건대, 뿌리를 바짝 잘라 나무가 잘 자라지 못하게 했을 것이고 화분 속의 흙도 옥토가 아니라 영양분이 거의 없는 마사토 같은 것으로 채웠을 게 분명하지 싶었다. 비닐하우스에서 자라며 꽃을 피운 탓에 꽃이 질 때도 삼사 일 만에 우수수 떨어졌다. 다른 꽃 같으면 오래도록 꽃구경을 하고 싶었겠지만 홍매화 분재는 빨리 꽃이 지기를 바랐다. 뿌리가 잘 자라지 못하게 만든 철사와 비닐 그물망을 제거하고 큰 화분에 분재를 옮겨 양분 많은 흙을 넣고 홍매화에게 자유를 안겨주고 싶었기 때문이다.

그렇게 옮겨 심었는데도 홍매화는 몸살을 앓지 않고 싱싱했다. 열흘에 한 번씩 물도 줄 만큼 되었지만 홍매화를 볼 때마다 어서 햇살 좋은 봄날이 오기를 고대했다. 봄이 오면 햇빛이 잘 드는 마당에 구덩이를 파고 질 좋은 거름을 섞어 홍매화를 심기로 했다. 홍매화가 제멋대로 뿌리를 뻗고 가지를 벌리며 자라게 해주고 싶었다.

행복한 사람은 괴로움이 없고 자유로운 사람이라고 했다. 식물도 마찬가지일 것이다. 모양내기 위해 가지마다 철사로 조이고 잔뿌리를 쳐내어 잘 자라나지 못하게 만든 홍매화 분재가 만약 말을 할 줄 안다면 뭐라고 하겠는가. 보나마나 풀어달라고, 자유롭게 살고 싶다고, 고달파도 좋으니 내 멋대로 살게 해달라고 할 것이다.

봄볕이 따스해지자마자 나는 홍매화를 햇볕 잘 드는 마당에 옮겨 심었다. 모양이 비뚤어져도 좋고 꽃이 많이 피지 않아도 그만이라고 생각했다. 녀석이 자유롭게 살아가는 걸 보는 게 좋을 뿐이다. 30년 넘게 마당 있는 집에서 살면서 때마다 농약을 칠까도 생각해 보았지만 애써 참은 덕에 우리 집 마당에는 꽃을 뜯어먹는 벌레부터 취나물 대궁까지 먹어 치우는 녀석이며 회양목을 갉아먹는 녀석까지 벌레 천국이 되었다. 하긴 그 바람에 마당에는 벌써 나비와 벌이 날아든다. 참새와 까치의 놀이터가 되고 개미소굴이 된 마당에서 거미줄이 바람그네를 탄다. 지렁이가 밀어 올린 작은 흙돌기를 볼 때마다 서울에서도 시골살이를 즐긴다는 생각을 한다.

홍매화를 마당에 심고 손을 씻다가 문득 나를 돌아보았다. 홍매화에게 자유를 주고 싶어 안달하면서 어째서 나 자신은 자유롭지 못하고 세상사에 끌려다니고 있는가. 세상사가 나를 묶은 적도 없고 내친 적도 없다. 내가 나를 묶어 끌고 다녔음에도 세상 탓을 했다. 나는 왜 자유로운 자가 되지 못했는가를 생각하니 바로 내가 '생각의 노예'로 살고 있다는 것을 알 수 있었다.

자유인이 되고 싶은 갈증 때문에 홍매화를 통해 대리만족을 얻고 싶었는지도 모른다. 마당에 봄꽃들이 활짝 피어나는데 내 마음의 꽃은 피어나지 않은 것인가. 홍매화에게는 자유를 주려고 하면서 가족이나 인연 맺은 사람들의 자유에 대해서는 얼마나 노력했는지도 되돌아보게 된다. 자유를 상실한 뭇사람을 거들어주지 못했을망정 기도라도 간절하게 해주었는지 생각해 보았다.

혼자 누리는 자유는 결코 행복이 아니라는 걸 더 늦지 않게 깨닫게 되어 다행으로 여기고 있다.

인생을 직선으로 살아보려고 애썼지만,

인생은 곡선이었다.

내가 박은 마음의 가시

　　왼쪽 귓속이 가렵고 근질거렸다. 누군가 내 흉을 보거나 내 이야기를 하면 귓속이 가렵다는 말을 떠올리며 대수롭지 않게 여겼다. 아프다고 할 순 없지만 불편한 건 사실이었다. 휴대폰을 사용할 때 블루투스 이어폰을 왼쪽 귀에 꽂으면 통화할 때마다 '웅웅'거리는 소리 때문에 신경이 쓰여 나도 모르게 오른쪽 귀에 갖다 대곤 했다. 나이 든 탓이려니 했다. 나이 때문일 거라고 생각하면 조금은 위로가 된다는 걸 나이 든 사람들은 알 것이다. 걸핏하면 면봉으로 왼쪽 귓속을 긁어대는 횟수가 잦아졌다.

어느 날 밤, 백팔배를 하느라 머리를 숙이는데 귀에 종잇조각이라도 들어 있는 듯 귓속에서 사각거리는 소리가 났다. 일어서면 멈추고 숙이면 사각거리기를 반복했다. 딸아이에게 왼쪽 귓속에 뭔가 들었는지 봐달라고 했지만 깨끗하다고 했다. 그럴 수밖에. 자주 면봉질을 했으니. 그제야 진즉에 이비인후과를 찾아갈 걸 그랬다는 후회를 했다.

이튿날 무거운 걸음으로 병원에 가서 내 왼쪽 귀를 보여줬다. 내 귓속을 파고든 내시경이 화면을 통해 보여준 것은 고막에 껌딱지처럼 딱 붙어 있는 짧은 머리카락이었다. 의사는 보기 드문 경우라고 했다. 짐작건대 면봉질을 자주 하는 습관때문에 작은 머리카락이 고막까지 밀려 들어갔지 싶었다. 자칫 고막에 상처가 생길 뻔했다며 진료의뢰서를 써주었다. 다음 날 다른 병원에 가서 길이 1.5센티미터짜리 머리카락을 꺼냈다. 갑자기 소리가 잘 들리기 시작하고 내 자동차에서 나는 소리가 시끄럽게 느껴졌다.

이 험한 세상을 살아가려면 귀도 반쯤 닫고 입도 반만 열고 눈도 반쯤 감고 살되 마음 또한 반쯤 닫아두라고 인생을 잘 아는 척하며 제자들에게 가르쳤던 말이 떠올랐다. 물론 필요한 때가 되면 두 귀를 활짝 열고 바른말을 하고 눈을 바로 뜨라고 했다. 말은 그렇게 했지만 말한 대로 살지 못하는 부끄러움을 느낄 수밖에 없었다.

인생살이에서 '작은 것' 하나의 위력을 느낄 때가 적지 않음에도 우리는 일상에서 작은 것을 무시하거나 가볍게 여기는 경우가 허다하다. 작은 것들이 모여서 지구가 되었고 세상이 되지 않았는가. 불교에서 온갖 꽃들의 세계를 화엄(華嚴)이라고 한다. 사람들은 저마다 자기다운 꽃을 피우고 있다는 뜻이리라. 세상에 존재하는 꽃은 꽃마다 크기, 모양, 색깔, 향기, 역할이 다르듯 사람도 존재 가치가 다 다를 수밖에 없다. 풀 한 포기, 돌 한 개, 벌레 한 마리, 구름 한 점, 이슬 한 방울이 모여 세상이 아름답듯 각기 다른 사람들이 어우러져 인류의 가치가 장엄해진 것이다.

오래전에 바위를 타다가 아찔한 순간에 손톱의 힘으로 위기를 넘긴 적이 있다. 지금 생각해도 이 작은 손톱이 얼마나 고마운지 모른다. 부끄러운 이야기지만 ROTC(학생군사교육단) 훈련을 마치고 소위로 임관하기 전 마지막 신체검사 때, 여러 가지 마음고생으로 체중이 기준치보다 약간 모자랐다. 체중계 위에 올라가 난감해하던 그때 감독관이 손가락 한 개로 내 옆구리를 슬쩍 찔렀다. 덕분에 무사히 통과했다. 대학 3, 4학년 동안 공부하며 훈련받느라 고생한 후보생에 대한 작은 배려를 어찌 잊을 수 있겠는가.

누구나 겪었으리라 생각하게 되는 목구멍에 걸린 작은 생선 가시 한 개의 괴로움도 떠올려본다. 우리 어렸을 적엔 된밥이나 배추김치 같은 것을 씹지 않고 꿀꺽 삼켜 가시를 넘기던 추억이 있다. 그 작은 가시 한 개의 견디기 힘든 괴로움은 망치질하다 손톱이 빠질 만큼 손가락을 다친 것 못지않게 힘겨웠다. 이젠 병원에 가면 그 가시를 빼낼 수 있는 세상이 되었다.

그러나 유명한 병원이나 그 어떤 명의라도 빼낼 수 없는 가시가 있다. 얼핏 생각하면 남이 박은 것 같지만 가만히 살펴보면 내가 박은 마음의 가시이다. 나밖에 빼낼 수 있는 사람이 없기 때문이다. 그건 목구멍에 걸린 생선 가시도 아니고 귓속 고막에 붙어버린 머리카락도 아니다. 가시를 제공한 사람은 있을지언정 박은 사람은 자신이 아니겠는가. 의사가 쥐여준 내 고막에 붙어 있던 머리카락을 본 나는, 남의 가슴에 가시를 박은 적이 왜 없겠는가 싶어 돌아와 참회 기도를 했다. 남은 인생, 허물을 가능하면 줄여보자는 마음의 다짐이었다.

내가 박은 마음의 가시.

나밖에 빼낼 수 있는 사람이 없다.

가시를 제공한 사람은 있을지언정

박은 사람은 자신이 아니겠는가.

진정한 부자

식물이 꽃을 피우고 나무가 서로 하늘을 향해 머리를 세우는 것이나 짐승이 힘자랑을 하는 것, 사람이 자기 이름을 드러내려고 애쓰는 것은 모두 존재 가치를 인정받으려는 본능일 것이다. 그런 생존 본능을 진화라 일컫는지도 모른다.

현대인의 3대 욕구인 명예, 권력, 재력은 생존 경쟁의 적나라한 증거이다. 여러 조사기관의 조사에 따르면 현대인이 3대 욕구 중 가장 쟁취하고 싶은 것은 명예이지만 현실적으로 원하는 것은 재력이라고 했다. 명예나 권력은 노력만으로는 쟁취하기 매우 어렵기 때문일 것이다. 재력이 있으면 존재감을 드러내기 쉽고 돈의 위력은 권력까지도 흔드는 재주를 가졌다는 것을 굵직한 사건, 사고를 보며 알게 되었다. 굳이 기록을 뒤져보지 않아도 한국 현대사에서 많은 재벌 총수들과 권력자들이 검찰청 포토라인에 서는 걸 보았다. 명예, 권력, 재력을 다 가지려고 한 사람들의 말로는 거개가 추락한다는 게 역사적 증거이기도 했다. 셋 중에 하나만 가져도 엄청나게 많이 가진 것인데도 멈추지 않는 존재감을 과시하다가 자멸하는 것이다.

재무설계사이자 작가인 톰 콜리는 5년간 부자 233명과 가난한 사람 128명을 관찰하여 성공한 사람들의 습관을 분석했다. 그 결과 성공한 사람들이 중요시한 건 운동, 인맥 관리, 목표에 대한 집념, 독서, 확신이라고 했다.

그 다섯 가지 중에 나는 첫 번째로 '독서'에 주목했다. 최고 수준의 성공을 이룬 경영인들은 1년 평균 60권을 읽었지만, 일반 미국 근로자들은 1년에 평균 1권을 읽었으며 연봉 차이는 무려 319배라고 했다. 선진국의 언론에서 한국의 독서 수준으로 해마다 노벨문학상을 기대하는 모순을 지적할 때마다 가슴이 먹먹하다.

나는 사람을 많이 만날 수밖에 없는 삶을 살았다. 방송하며 다양한 분야의 전문가를 만났고, 대학에서 많은 제자를 만났으며, 강연과 취재 과정에서 수많은 사람들을 접했다. 국회의원으로 전국의 유권자와 민원인을 만났고, 시민운동과 문학, 종교 활동으로 사람들과 어울리며 지냈다. 그 덕에 절로 관상쟁이 행세를 할 정도가 되어 책을 읽은 사람과 읽지 않은 사람을 대번에 구분할 수 있게 되었다.

대화를 해보면 책을 읽지 않은 사람은 '빈 수레'요, 책을 읽은 사람은 '찬 수레'라는 걸 쉽게 알아차릴 수가 있다. 빈 수레는 돈이 많고 권력을 가졌어도 교양이 없고, 찬 수레는 돈이 적고 권력이 없고 이름이 알려지지 않았어도 교양미가 있다. 찬 수레의 관상은 넉넉하고 빈 수레의 관상은 허약하기 마련이다.

두 번째로 '확신'을 주목했다. 인생에서 확신이란 자기를 믿는 자존감 높은 사람이 스스로 세상의 주인이라는 것을 인정하는 것이다. 자존감을 가장 빨리 획득하는 방법은 스스로 누구인지를 알아차리는 것이고, 그것은 타인의 시선을 통해서 발견해야 한다. 타인의 시선을 통해 자신의 모습을 파악하는 것을 심리학에서 '거울 자아(Looking Glass Self)'라고 한다.

목적 없이 남에게 끌려다니지 말고, 내가 세상을 끌고 가는 주인으로 살아야 한다. 주인의식이 없으면 만사를 비교법으로 분별하여 열등감이 생기고 욕구를 채우지 못해 심리적 양극화 현상이 생긴다. 진정한 부자는 더 이상 갖고 싶은 게 없는 사람이라고 한다. 더 이상 갖고 싶은 게 없다는 것은 물질의 부자를 밀하는 게 아니라 마음의 부자를 밀하는 깃이다. 마음의 부자는 명예, 권력, 재력은 물론이요, 내가 가진 모든 것을 갖지 못한 사람들과 나눌 수 있는 마음의 여유가 있는 사람일 것이다.

100세를 넘긴 철학자 김형석 교수님께 인생에서 어떤 것이 가장 보람 있고 행복했느냐고 물었더니 이렇게 말씀하셨다.

"사랑이 있는 고생이 행복이었습니다."

누군가를 위해 대신 고생을 해준 것을 의미하는 것이다. 나에게 한 일은 남지 않지만, 남과 더불어 살기 위해 한 일은 오래 남는다고 한다. 스스로 세상의 주인이 되어 어려운 사람들과 더불어 살아가야 진정한 행복을 누릴 수 있다.

목적 없이 끌려다니지 말고,

내가 나의 주인으로 살자.

세상의 주인이 되어 더불어 살아갈 때

진정한 행복을 누릴 수 있다.

무릎 꿇은 나무의 청정함

    글을 읽고 쓰는 게 삶의 방편인 사람을 선비라 한다. 학식이 있으나 벼슬을 하지 않기에 청렴하고 바른말을 거침없이 하여 강직하며 마음결이 도타워 두루 덕망을 쌓는다고도 했다. 과거형 선비정신으로 현대를 살아갈 수 없겠지만 그나마 선비정신을 지탱하고 있는 직종이 있다면 문인이라고 할 수 있다. 그래서 나는 문인이라 부르지 않고 문사(文士)라고 칭한다.

  한국고용정보원의 발표에 따르면 2017년 기준 한국의 직업별 평균 소득 상위는 1위 국회의원(1억 4,000만 원), 2위 성형외과 의사(1억 3,600만 원), 3위 기업 고위임원(1억 3,000만 원),

4위 도선사, 5위 대학총장으로 밝혀졌다.

그런데 소득 하위 직업군을 살펴보면 가슴이 먹먹해진다. 하위 1위는 시인(1,000만 원), 2위 작사가(1,100만 원), 3위 방과후교사(1,500만 원), 4위 보조출연자(1,500만 원), 5위 소설가(1,550만 원)라고 한다. 어쩌면 수필가, 아동문학가, 희곡 작가, 평론가 등은 어처구니가 없어서 아예 제외했는지도 모른다. 그럼에도 수많은 문학잡지에 많은 문사들이 끊임없이 글을 싣고 있는 이 놀라운 현상을 어떻게 해석해야 할지 난감하다. 굳이 문학잡지의 원고료를 거론하지 않는 것은 차마 부끄러워 필설로 다루고 싶지 않기 때문이다.

나는 한때 운 좋게 평균 소득 1위라는 국회의원도 해봤고 지금은 소득 하위 5위인 소설가로 살고 있기에 오만 가지 상념에 젖었다. 한번은 장편소설을 출간하고 인터뷰를 하는데 기자가 '왜 소설책이 안 팔리는가'에 대해 물었다. 나는 "날마다 터지는 사건 사고가 소설보다 백배나 재미있는데 누가 소설을 읽겠느냐"고 대답했다. 우리는 허탈하게 웃었다. 씁쓸한 마음을 붙잡고 늘어진 것은 현대 한국의 헝클어진 '정신줄'이었다. 정신줄을 바로잡고 사는 사람들을 연상해 보았다. 하루 살기 바쁜 서민과 주어진 일에 정진하는 직장인과 공직자 들이 먼저 떠올랐다. 학업에 열중하는 젊은이들과 아이 키우느라 고생하는 엄마들과 배고파도 웃으며 글을 닦는 문사들도 떠올랐다.

국회의원 시절, 우리나라에 배곯는 사람은 없어야 한다는 신념으로 온갖 비난을 받으며 기초생활보장법을 제정했다. 내친김에 가칭 '문학진흥지원법'을 생각했다. 이것저것 자료 정리를 하다가 문단 신배들의 따끔한 외소리를 떠올렸다.

'문학은 그 시대의 정신을 밝히는 것이고 스스로 영혼의 피를 찍어 쓰는 행위이기에 배고프고 힘든 사람을 먼저 살펴야 한다. 선비정신을 지키려면 신세 갚을 일을 하지 말아야 한다. 문학은 그래서 고귀하다.'

당시는 IMF 경제위기로 전 국민이 신음하던 때였으니 문학진흥을 위한 재정 지원을 주장하기도 쉽지 않던 시절이었다. 만약 문학진흥지원법을 상정했으면 '김홍신노후보장법'이라며 구설수에 올랐을 것이다.

물론 청정한 지조를 지킨 조선조 선비들도 많았겠지만, 권력의 맛에 취해 중국을 섬기는 모화선비 노릇을 했거나 백성의 피를 빨았던 자도 적지 않음을 역사가 증언하고 있다. 일제 강점기에도 목숨을 건 애국 문사들이 있었지만 친일 문사들도 의외로 많아 부끄러운 문단사로 기록되었다.

사막에서 자라는 '크레오소트(creosote)'라는 선인장은 주변의 수분을 다 빨아들이기 때문에 근처의 식물은 모두 말라 죽는다고 한다. 나는 인사청문회 출석자나 일부 사회지도층 인사들이 '크레오소트 선인장' 같다는 생각을 한다. 만인이 부러워하는 대상인 그들이 어째서 불법 재산 증식, 세금 체납, 군 면제, 기이한 특혜 등의 부정을 저지르고도 뻔뻔하게 고개를 들고 살 수 있는지 모르겠다. 그 특권의식과 오만함의 정체를 알 길이 없다. 그들은 정의와 애국애족의 가면을 쓴 채 국정을 농단하고도 자신이 잘나서 얻은 시대의 훈장이라고 생각한다. 그들은 많이 배웠지만 참선비가 아니며, 그들을 향한 문사들의 붓은 잘 벼린 칼날이 될 수밖에 없다.

캐나다 로키산맥의 수목한계선에는 '무릎 꿇은 나무'가 있다. 해발 3,500미터 지점은 바람이 매섭고 눈보라가 심하며 강수량이 적어서 나무가 웅크리고 자란다. 키 작고 모양이 뒤틀린 나무여서 가엾어 보이지만 그 나무로 만든 바이올린은 공명이 잘 되어 명품이 된다고 한다. 이 척박한 문학밭에서 비록 몸은 웅크렸으나 영혼은 명품이 된 문사들에게 어찌 두 손을 가지런히 모으지 않을 수 있겠는가.

주변의 생명을 빨아들여 부피만 늘릴 것인가.

척박한 토양을 일구어 주변을 기름지게 할 것인가.

그대의 아름다움은 어느 쪽인가.

이름 짓기와 이름 지키기

필요한 자료를 찾으려고 책장을 찬찬히 살폈다. 수많은 책 중에 비슷한 제목은 많아도 제목이 같은 책은 없다. 내가 쓴 책만 진열된 책장을 훑어보아도 같은 제목의 책은 없다. 적지 않은 책을 출간했으니 책 제목 짓기가 얼마나 어려웠는지 새삼 그 괴로움이 떠오른다. 장편소설은 단락마다 소제목을 붙여야 했고, 시와 수필도 편마다 제목을 붙여야 했다.

역사소설 『김홍신의 대발해』(전 10권)를 쓰면서 역사에 기록된 50여 명을 빼고 나머지 450여 명의 이름을 지어야 했으니 작명가 소리를 들을 만도 했다. 우리 아이들 이름은 물론

친인척이나 친지의 자녀 이름도 꽤 많이 지었는데, 그때마다 고심할 수밖에 없다. 그나마 역사소설 속 등장인물의 이름은 그 시대의 작명 형태를 고려해서 지으면 그만이지만, 요즘 사람의 이름 짓기는 매우 어렵다. 부르기 쉽고 뜻도 좋아야 하고 흔한 이름이나 유행을 피해야 한다. 심지어 영어로 표기할 때도 어렵지 않아야 하고 성별에 어울리면서 나이 들어서 부를 때도 어색하지 않은 이름을 찾아야 한다.

사람마다 이름에 얽힌 이런저런 이야깃거리가 있기 마련이다. '손 귀한 집 자손은 귀신이 노린다'는 속설 탓에 내 갓난아이 시절의 속명은 '광주리'였다. 큰집에 자손이 없었고, 집안의 둘째인 우리 부모님은 내 위로 여러 명의 아이가 일찍 죽었기에 내 이름을 할아버지 항렬인 '현수'로 지어 귀신이 나를 늙은이로 알고 접근하지 못하게 방비했다고 한다. 유치원과 초등학교 때까지 '김현수'였던 나는 중학교에 입학하면서 호적 이름인 '김홍신'이 되었다.

처음에는 정말 낯설고 싫은 이름이었다. 출석을 부를 때 내 이름인 줄 모르고 대답하지 못할 때도 있었다. 지금도 그 시절 동무들은 현수라고 부르기도 한다. 유치원에 다닐 때 영세를 받아 성당에 가면 '리노'가 되었다. 그러나 우리 문중에

선 내 이름이 김성태이고 족보에도 그렇게 기록되어 있다. 김해 김, 안경공파, 흥무왕 자손인 성태가 되어야만 했다. 그 시절에는 의술, 건강, 환경, 영양 상태가 열악했기에 출생한 아이의 생존율이 낮아서 어느 정도 살 가망이 있다 싶을 때 호적에 올렸다.

인생 후반기에 들어서자 사람들이 내게 어떤 호칭으로 불러야 하느냐고 묻는 경우가 자주 있다. 선생, 박사, 교수, 의원, 회장, 이사장, 위원장, 원장, 고문, 공동대표, 홍보대사, 대변인, 편집장, 주간, 작가…… 얼추 스무 개가 넘는 직책을 역임했기에 격식을 차려야 하는 경우 내 호칭에 대해 고심하는 것이리라. 나는 비교적 다양한 부류의 사람들을 만나게 되는데 그럴 때마다 내 호칭이 달라진다. 그들이 나를 처음 만났을 때의 직책이나 직종으로 부르기 때문이다.

살다 보니 이름 짓기보다 이름 지키기가 더 어렵다는 걸 깨닫고 마음을 여미게 된다. 호적 이름은 부모가 지어주지만 그 밖의 이름은 자기가 짓는 것이다. 남이 나의 이름을 부를 때 기분이 좋아야지 불쾌하다면 나는 결코 잘 살았다고 할 수 없을 것이다. 언젠가 마음공부를 하며 내가 짊어진 이름들이 무거워 다 내려놓고 소설가라는 이름 하나만으로 살았으면 좋겠다는 생각을 했다. 그러다 문득 세상을 다 짊어진 분은 성인이 되고, 한 나라를 짊어진 사람은 왕이 되고, 회사를 짊어진 사람은 사장이 되고, 평생을 서로 짊어진 사람은 부부가 되고, 아이를 짊어진 사람은 부모가 되듯, 내 등짐이 곧 나의 크기요 존재 가치라는 생각을 하며 스스로 위로했다.

오래된 농담 중에 묘비명에 대한 우스갯소리가 있다. 공동 묘지가 밤마다 시끄러운 건 묘비에 쓰인 글이 자기 얘기가 아니라 잘난 누군가의 얘기를 베껴 쓴 것 같아 편히 누워 있을 수 없어 남몰래 긁어 지우느라 그런 거란다. 대체로 남이 써주는 묘비명은 가능하면 좋은 말을 쓸 수밖에 없을 것이다.

책이나 신문은 돋보기가 없이도 잘 보이는데 멀리 있는 간판이나 사람은 흐리게 보여 안과 검진을 받았더니 노안 현상이라고 했다. 이제는 먼 데를 보려 하지 말고 가까운 데를 살피고 주변 사람을 챙기고 자신을 돌보라는 하늘의 명령이라고 생각했다. 짊어진 것을 무겁다 투덜거리지 말고 짊어지게 해준 것을 고마워하며 깃털처럼 가볍다고 생각해야겠다. 인생을 자꾸 무겁다고 생각하면 눈썹조차 무거운 법이다. 인생을 가볍다고 생각하면 훨훨 날아다닐 수 있지 않겠는가.

세상을 다 짊어진 분은 성인이 되고,

한 나라를 짊어진 사람은 왕이 되고,

회사를 짊어진 사람은 사장이 되고,

평생을 서로 짊어진 사람은 부부가 되고,

아이를 짊어진 사람은 부모가 되듯,

내 등짐이 곧 나의 크기요 존재 가치다.

3장

따로 또 같이 삽시다

신이 한 일 중에 가장 위대한 일은 사람을 만든 것과 그 사람을 죽게 한 것인지도 모른다. 그렇다면 사람이 이룬 일 중 가장 위대한 것은 사람답게 사는 삶이리라. 사람답게 사는 걸 한마디로 축약하면 행복이라고 할 수 있다. 사람은 행복을 추구하기 위해 인연을 소중하게 여기기 마련이다.

행복해지는 최상의 방법

　　자신이 돌보는 양들의 몸에서 작은 상처를 발견한 목동은 그것이 길목에 있는 가시나무 때문이라는 걸 대번에 알았다. 가시나무를 베러 갔다가 양털을 물고 둥지 안으로 들어가는 새를 본 목동은 나무를 베지 않고 돌아섰다. 알 낳고 부화시키는 새들의 모성본능을 알았기 때문이다. 양을 몰고 다니는 동안 종종 들이나 숲에서 알을 품은 새집을 보았기에 차마 가시나무를 벨 수 없었을 것이다. 인간은 주변에 있는 작고 보잘것없는 것에도 배려하며 더불어 살아야 행복해하는 존재이기 때문이다.

코로나19 사태로 모두 몸과 마음의 고난을 겪고 있다. 나도 1년 넘게 모든 행사와 강연이 취소됐고 여행 계획은 물론이고 모임도 연기처럼 사라졌다. 황량한 벌판에 홀로 우두커니 앉아 있는 느낌이다. 사회적 약자들에 대한 도움의 손길도 줄어들었고 병약한 고령자들은 죽음의 공포를 느껴야 했다. 마스크로 얼굴을 가려 지인을 몰라보는 경우도 있다.

남들은 내게 소설가니까 책 읽고 글 쓰며 잘 견딜 것 같다고 말하지만 정작 나는 책을 읽어도 머릿속에 들어오지 않고 글을 쓸 때도 집중력이 떨어져 힘들었다. 스마트폰으로 뉴스를 수시로 검색하고 문자메시지를 훑어보며 걱정을 쌓아가는 나 자신도 참 별수 없다는 생각을 했다.

확진자가 늘어나고, 거리두기가 강화되고, 추위까지 몰아닥치니 몸도 마음도 얼어붙는 느낌이다. 코로나, 방역, 팬데믹, 백신, 자가격리, 확진자, 거리두기라는 단어에 심각해지고 수시로 날아오는 긴급재난 문자에 마음이 무거워진다. 공포 속에서 희망을 찾아 꿈틀거리고 싶어도 고작해야 언 발에 오줌 누기로 재난지원금이 고작일 뿐 사방에서 들려오는 마스크 착용하라는 소리를 들으며 비누로 두 손을 싹싹 씻을 수밖에 없는 세상이 됐다.

코로나19 사태만 한국인을 괴롭힌 게 아니었다. 눈만 뜨면 터지는 각종 사건 사고와 정치적 갈등, 편싸움과 아귀다툼을 지켜보아야 하는 고통도 만만치 않았다. 지구가 흔들리는 듯한 세상살이에 세상보다 더 흔들리며 번뇌, 망상으로 한 해를 보냈다.

코로나19 사태로 사람들은 죽음에 대한 공포를 실감했다. 누구나 죽는다는 걸 알지만 실감하지는 못하기 마련이고 웬만하면 평균 수명 이상 살 수 있을 거라고 생각한다. 불교에서는 번뇌가 곧 보리(菩提, 깨달음의 지혜)라고 한다. 맞는 말 같은데 막상 번뇌가 내게 닥치면 헤어나기 참 어렵다. 그런 깨달음은 득도한 사람에게나 해당된다고 치부하게 된다.

어린 시절, 내가 잘못할 때마다 어머니는 종아리 맞을 회초리를 해오라고 했다. 잔꾀를 내어 작은 나뭇가지를 가져오면 철썩철썩 세 대를 때렸고 어쩌다 굵은 나뭇가지를 꺾어오면 가볍게 한 대만 때렸다. 어느 날은 동네 아이들과 어울려 놀다가 그 애들을 따라 옆 동네에 사는 장애아동을 함께 놀렸다. 그 애는 울며 집으로 갔고 그 사실을 알게 된 어머니는 나를 앞세우고 울고 간 그 아이 집으로 갔다. 사립문 앞에서 지켜보는 어머니 때문에 나는 마지못해 그 아이에게 잘못했다고 빌었다. 다른 아이들은 아무 일 없이 멀쩡하고 나만 혼나는 게 어린 마음에도 억울했다. 어머니는 영락없이 회초리를 해오라고 했다. 어머니의 심기를 알아챈 나는 꽤나 굵은 회초리를 해다 바쳤다. 회초리를 든 어머니의 목소리는 낮았다.

"이 녀석아, 사람은 짐승과 벌레하고도 같이 살아야 하는데 하물며 아픈 사람을 놀리고 괴롭히는 게 사람새끼가 할 짓이냐!"

그러더니 어머니는 치맛단을 걷어 당신의 종아리를 내밀었다. 나는 엉엉 울면서 다시는 안 그러겠다고 용서를 빌었다. 몇 번이나 때리라고 하던 어머니도 눈물을 쏟았다. 어머니는 치맛단을 내리고 내 등을 두드리며 말했다.

"다시 그런 짓 하면 내 자식이 아니니 쫓아낼 수밖에 없다."

어머니는 그날 저녁 밥상에 전과 다르게 아버지와 똑같이 계란반숙과 기름기가 도는 꽁치 한 마리를 내 앞에 놓아주었다.

훗날 철들 무렵 조선 시대의 자식 교육에 대한 글을 읽으며 어머니의 회초리가 퍼뜩 떠올랐다. 잘못을 저지른 자식에게 어머니가 회초리를 들려주고 "내가 잘못 가르친 탓이니 나를 때리라" 하였더니 자식이 진정으로 용서를 빌고 뉘우쳤다는 내용이었다.

세월이 하 수상하여 근심, 걱정이 날로 쌓이고 그리운 사람들을 만날 수 없으니 어머니의 회초리와 "사람은 짐승과 벌레하고도 같이 살아야 하는데……" 하시던 목소리가 귓전을 때린다.

흔히 몸이 멀어지면 마음도 멀어지고 몸이 가까워지면 마음도 가까워진다고 하지만, 코로나 사태로 거리두기가 강하되면서 거리와 상관없이 마음을 나누면 가까운 사람이라는 걸 알게 되었다. 내가 이름과 얼굴을 떠올리며 기도해 주는 사람이 곧 내 마음의 식구라는 것을 알았다. 마음의 식구가 많을수록 잘 살고 있는 것이다. 내가 기도해 주고 있다는 것을 상대가 알든 모르든 상관없다. 내가 행복해지는 최상의 방법이니까.

몸 멀어진다고 마음 멀어지지 않는다.

내가 떠올리며 기도해 주는 사람이

내 마음의 식구다.

조화와 공존, 나마스테

사람들은 공평을 추구하지만 우리의 인생사는 단한 번도 공평해 본 적이 없고 미래에도 공평한 세상을 기대할수 없을지 모른다. 왜냐하면 인간의 욕구가 인간의 두뇌를 추월하기 때문이다.

현대인이 느끼는 물리적 불평등(physical inequality)과 상황적 불평등(situational inequality)에 대한 재미있는 글을 읽은적이 있다. 일등석이 아예 없는 여객기보다, 일등석을 지나 이코노미석으로 가야 하는 여객기에서 기내 난동이 4배 높게발생한다고 한다. 호화롭고 넓은 일등석을 본 뒤에 다닥다닥

붙어 있는 이코노미석으로 쫓겨난 듯한 불평등, 박탈감, 좌절감, 분노 때문이라는 것이다. 반면 일등석에서 난동을 부리는 사람은 이코노미석을 보며 우월감을 느끼고 이기적으로 변하거나 경멸적 심리 상태가 된다고도 했다.

시각장애인이 눈으로 보지 못해도 소통을 잘하는 것은 예민한 청각과 스킨십을 잘 이용하기 때문이라고 한다. 상대의 눈빛이나 몸짓을 볼 수 없어도 먼저 상대를 존중하기 때문에 소통이 수월하게 된다는 것이다.

어떤 상황이건 나만이 옳고, 내게는 그럴 만한 정당성이 있다는, 그렇게 할 수밖에 없다는 '자기 편애'가 난무하면 결국 인간은 멸종 위기종으로 전락할 수밖에 없을 것이다. 남을 못살게 굴고 해코지하는 일은 결국 자신도 학대하는 '자기 형벌'이라는 것이 고금을 통해 확인되었고 현대 의학으로도 입증되었다. 내 존재가 온 우주 역사상 오직 하나뿐이듯, 남도 나만큼 존엄하다는 걸 인정해야 함께 살아갈 수 있다.

우리 집 마당에는 개미를 비롯하여 거미, 송충이 같은 벌레들이 제법 일가를 이루고 있다. 해충 퇴치 약을 쓰자니 지렁이 같은 익충까지 박멸할까 걱정이요, 그냥 두자니 해충들이 영산홍, 소나무, 회양목을 해코지하는 게 싫었다. 녀석들은 늦

봄부터 초여름까지 표가 날 만큼 극성스러웠다. 우연찮은 기회에 곤충학자에게 어떻게 하는 게 좋은지 물어보았다. 예상한 대로 약을 뿌리지 말라고 했다. 사람의 먹거리가 되는 농산물은 어쩔 수 없더라도 마당에 있는 벌레들은 생태계를 건강하게 하는 먹이사슬이기에, 나무가 죽을 만큼 심각하지 않으면 그냥 두라고 했다. 하긴 해충과 익충의 차이는 사람을 기준으로 정한 것이지 지구 생태계를 전제로 한 것은 아닐 것 같다.

어느 다큐멘터리 전문가는 오랜 세월 무수한 동물을 추적하면서 동물들이 '약육강식의 법칙'이 아니라 '조화와 공존의 법칙'으로 살아가는 것임을 발견했다고 한다. 동물의 세계는 당연히 약육강식이라고 생각했던 나는 그의 글을 읽으며 '하물며 사람끼리야'라는 말을 떠올렸다.

내가 싫어했던, 영산홍 잎을 파먹는 애벌레는 곧 잎벌이 된다고 한다. 애벌레 시절에는 꽃나무 잎을 갉아먹는 해충인 줄 알았는데 성장하면 모기 같은 해충을 잡아먹는 익충이 된다는 사실에, 세상사를 함부로 단정할 게 아니라는 깨달음을 얻었다. 도심 한복판에 있는 우리 집에 산새들이 자꾸 놀러 오는 이유도 바로 마당에서 부지런히 나뭇잎을 파먹는 벌레들

때문이라는 걸 알게 되었다.

뛰어난 경영자 중에 인도 출신이 많은 것은 인도의 열악한 환경과 미흡한 인프라와 제한된 자원 탓이라고 한다. 인도에서 잇따라 발생하는 돌발 상황에 대처할 수 있도록 다양한 대안을 고민하는 일에 단련되었기 때문이라는 것이다. 인도의 열악한 환경과 절박함 때문에 인류 역사상 가장 위대하다는 붓다가 탄생한 걸 생각하며 숙연해졌다.

여러 인사말 중에 내가 가장 좋아하는, 인도 사람들 모두가 사용하는 '나마스테'의 뜻은 '내 안의 신이 그대 안의 신에게 경의를 표합니다'라고 한다. 내가 숭앙하는 위대한 신이지만 당신이 믿는 신에게 엎드려 절을 올리겠다는 겸손과 배려의 미학이 정녕 현대인에게도 따뜻한 교훈이 되었으면 한다.

모든 세계는 '약육강식의 법칙'이 아니라

'조화와 공존의 법칙'으로 돌아간다.

이기고 지배하면 늘 위태롭지만

보듬고 어울리면 오래 건강하다.

거리에서 만난 스승

어느 날 약속 장소로 가다가 나는 참 아름다운 장면을 보게 되었다.

지하철 입구에 고개 숙이고 앉은 거지 앞에 요즘 보기 드문 10원짜리와 50원짜리 동전이 여러 개 놓여 있었다. 합쳐봐야 1천 원 조금 넘는 액수였다. 지나가던 여성이 천 원권 지폐를 놓고 가자 거지는 얼른 지폐를 안주머니에 넣어버렸다. 돈이 없는 척해야 사람들의 동정심을 얻을 수 있을 거라는 생각을 하며 내 지갑을 열어보았다. 5천 원짜리는 좀 많은 것 같아 한 장밖에 없는 천 원짜리를 꺼내 들고, 앉아 있는 거지에게

다가갔다. 그때 내 앞을 걸어가던 여성이 천 원짜리 한 장을 거지 앞에 놓더니 두 손을 모으고 절을 했다. 그 순간 내 가슴은 출렁거렸고 부끄러웠다. 거지에게 돈을 주며 좋은 일을 했다고 생각한 적은 있지만 거지에게 두 손 모으고 절을 해본 적은 없었다. 더러 거지가 고맙다는 표시로 고개를 숙이면 가볍게 두 손을 모은 적은 있지만 거지에게 고개 숙여 절을 해본 적은 없었다.

나도 그 여성처럼 천 원을 거지 앞에 놓고 두 손 모아 절을 했다. 다음 순간 나는 사람답게 사는 법을 알려준 그 여성의 얼굴을 보고 싶었다. 저만치 또박또박 걸어가는 여성을 빠른 걸음으로 앞질러 그녀 앞에 멈춰 섰다. 인상이 좋아 보였다. 그래서 용기를 내어 인사를 했다. 그녀는 멈칫하더니 TV에서 나를 보았다며 팬이라고 했다. 나는 따라온 이유를 솔직하게 말하고 내가 쓴 책을 한 권 드리고 싶다고 했다. 지인에게 주려고 가지고 있던 것이었다. 그녀는 곱게 웃었다. 그리고 분명한 어조로 말했다.

"말씀만으로도 저는 이미 선생님께서 주신 책을 받았습니다. 책은 지인분께 드리시고 저는 서점에 가는 길이니 꼭 사서 보겠습니다. 선생님을 뵙게 되어 영광입니다. 저는 스승께

배운 대로 그냥 절을 잘 할 뿐입니다."

나는 그녀에게 두 손을 모았다. 우리의 짧은 만남은 그것뿐이었다. 이름도 모르고 길에서 다시 마주쳐도 기억할 수 없겠지만 그날 밤 내 창작 노트에는 그녀가 내 스승이 되었다.

돌아보니 절을 받으며 살아온 세월이 길었지 절을 한 세월은 비교적 짧았다. 그래서 이제부터라도 그냥 '절을 잘하는 사람'으로 살자는 다짐을 했다. 예부터 눈을 바로 뜨고 마음을 모으면 도처에 스승이 있다고 하지 않았는가. 나는 그동안 거지에게 적선하며 베풀거나 공덕을 쌓았다고 생각했는지 모른다. 그런데 그녀는 적선하며 거지에게 두 손 모아 공손하게 절을 하면서도 '배운 대로 그냥 절을 잘할 뿐'이라는 겸손을 내게 가르쳤다. 거지에게 절을 할 수 있는 인격이라면 살아오면서 얼마나 넉넉하게 마음을 베풀고 나누었을까.

나는 주례를 잘 맡지 않는 편이다. 바쁘다는 핑계도 있지만 어쩌다 보니 지금까지 내가 주례 선 부부들이 모두 잘 살고 있다는 소식을 들었기에 더 신중하고 조심스러워지기 때문이다. 내 능력 때문에 그리된 것은 아니겠지만 앞으로도 좋은 기록을 세우고 싶은 욕심이 있다.

얼마 전에 언론사 사장 댁의 혼사에 주례를 서게 되었다. 주례사가 좋다는 소리를 듣고 싶은 마음 때문에 주례를 할 때마다 정성껏 주례사를 새로 쓰고는 했다. 혼주와 하객들에게 주례사가 정말 감동적이었다는 소리를 들으면 괜히 으쓱해하며 글쟁이가 되기를 잘했다는 생각을 하기도 했다. 이번에도 정성들여 쓴 주례사에 대해 좋았다는 말을 들었으나 많은 사람들은 주례사보다 내가 주례석에 올라 먼저 한 이 말이 더 가슴에 와닿았다고 했다.

"그대들은 내 스승입니다. 주례를 승낙한 날부터 다쳐도 안되고 병들어도 안 되며 사건 사고에 휘말려도 안 되기에 몸조심 마음조심을 해서 오늘 건강하게 이 자리에 설 수 있게 해주었으니 정녕 내 스승입니다. 그래서 목욕재계하고 기도하고 왔습니다. 그러니 나의 스승처럼 살아주세요."

도처에 스승이 있다면 나 또한 남들에게 스승처럼 살아야 하는 숙제가 생긴 것이다. 내가 유심히 사람들을 눈여겨보듯 그들도 내 모습을 눈여겨보고 있을 것이다. 그러고 보니 사람답게 사는 게 참 쉽지 않다. 그걸 알아차린 것만도 큰 공부를 했다고 스스로 위안을 삼는다.

배우고 싶다면 모든 이들을 나의 스승으로 삼고,

실천하고 싶다면 내가 모든 이의 스승인 듯 살자.

나를 살게 하는 존재들

　　출간 기념 북 콘서트 행사장에서 내가 쓴 장편소설을 펼치며 사인을 해달라던 중년 여성이 내게 말했다. "제가 방황하고 좌절했을 때 선생님의 글을 읽고 인생의 바른길을 찾았습니다. 그때 목숨을 끊지 않고 살아서 선생님을 뵙게 되어 정말 행복합니다." 나는 무슨 말인가 하려고 했지만 그녀의 물기 어린 눈망울을 보고 말문이 닫혔다. 저만치 멀어져가는 그녀에게 마음으로 두 손을 모으고 고개를 숙였다. 고맙다는 말이라도 했어야 했는데, 그 순간 오만 가지 생각이 내 마음을 휘저었다. 그런 이들이 있어 내가 아직도 글을 쓰고 멀쩡하게 살아 숨 쉰다는 말이 입안에서 맴돌았지만, 더 좋은 말을 찾다가 얼떨결에 말할 기회를 놓치고 말았다.

오래전에 문병을 갔다가 병원 복도에서 만난 초췌한 여성이 종이 한 장을 내밀며 너무 고통스러우니 위로의 한마디를 써 달라고 한 적이 있다. 나는 엉겁결에 '인생, 딱 한 번밖에 못 삽니다. 잘 놀다 가지 않으면 불법입니다'라고 써주었다. 그리고 한 3년쯤 지나 등산길에서 반갑게 인사하는 그 여성을 나는 알아보지 못했다. 그녀가 자초지종을 털어놓고 간곡하게 집으로 초대했다. 거절하기 어려운 사연을 소개하는 바람에 그녀를 따라갔다. 현관문을 열고 들어서자 거실 벽면에 내 필체가 분명한 글이 사진틀에 들어 있고, 책장에는 내가 쓴 책들이 꽂혀 있었다.

그녀의 남편과 차를 마시며 그들의 재결합 사연을 들었다. 나는 잘 기억나지 않지만 그녀가 예전에 내게 사인을 받으며 왜 살아야 하느냐고 물었을 때 내가 이런 식으로 말했다는 것이다. "나도 여러 번 죽어버리고 싶었는데 살아보니 죽는 것보다 낫더라. 하루에 심장이 10만 번 뛰고 숨을 2만 번쯤 쉬는데 심장이 멈추거나 숨이 멈추면 살고 싶어도 못 산다. 인생이란 내가 원하는 대로 이루어지는 게 아니다. 세상 사람들 모두, 그냥 사는 거다." 배웅을 받으며 그 집을 나설 때 나는 두 손을 모으고 머리를 숙였다. 내가 글을 써야 하는 이유를 분명하게 알려준 스승을 만난 듯했다. 내가 한 말을 잊지 않는 그들이 곧 어떻게 살아야 하는지 내게 가르침을 준 게 분명했다.

한번은 경주에서 개막한 세계한글작가대회에 참석했을 때 낯선 작가 몇 명이 함께 사진 찍기를 요청하며 이렇게 말했다. "글이 안 써지고 글쓰기가 죽을 만큼 괴로울 때 선생님의 책을 읽고 용기를 얻어 글을 썼고 책도 냈습니다." 그 자리에 엎드려 절이라도 할 만큼 고마워해야 할 일이었다. 마음을 가다듬고 생각해 보니 내 문학의 스승은 도처에 있었다. 미처 생각조차 못 했던 이들은 물론이요, 산천초목과 하찮아 보이는 벌레까지도 나를 가르쳤다는 걸 알아차렸다.

내가 쓴 글 속에 등장한 무수한 단어들과 사물들, 연상했던 사람들, 수많은 책, 푸른 하늘, 뭉게구름, 소낙비, 하얀 눈, 해와 달과 별들, 가슴까지 파고들던 바람과 꽃들이 어찌 내 문학의 스승이 아닐 수 있겠는가. 누가 내 글을 읽고 감동을 받았다거나 재미있었다거나 마음을 다스렸다고 하면 내가 잘난 줄 알았던 순간이 있었다. 얼마나 어리석었는지, 생각하면 가슴이 아리기만 하다.

독자들에게 무수한 사랑을 받았고, 방송에 출연할 때는 수많은 청취자와 시청자에게 격려를 받았으며, 정치할 때는 많은 국민의 성원을 받았고, 대학 강단에서는 훌륭한 제자들을 얻었으며, 속세에서는 참으로 많은 친지에게 공덕을 얻었으니 살아생전에는 어떤 것으로도 되갚을 방법이 없다. 부지런히 좋은 글을 써서 보답하는 것에도 한계가 있고, 세상을 기쁘게 하도록 정진하기엔 내게 주어진 시간이 터무니없이 부족할 것이다. 그럼에도 나는 노력한 것보다 많은 보상과 칭찬을 받고 싶어 했다. 무대에 올라 남이 알아주기를 바라고, 내가 원하는 대로 다 이루어지기를 기대하며 살았다. 그렇기에 어쩌면 '가졌으면서도 갖지 못한' 인생이었는지 모른다.

어느 날 나는 북 콘서트를 마무리하면서 공개적으로 약속했다. "오늘부터 100일 동안 백팔배를 하며 백일기도를 하겠습니다. 오늘의 저를 존재하게 해준 모든 고마운 이들을 위해!" 고마운 이들이 내게 베푼 공덕의 억만 분의 일도 안 되겠지만 절을 할 때마다 비로소 내가 행복한 사람이라는 것을 느끼곤 한다. 나를 존재하게 해준 모든 사람을 위해 두 손을 모으고 엎드려 절을 할 때마다 살아 있는 것만으로도 큰 기쁨이라는 걸 깨닫는다.

나는 노력한 것보다 많이 보상받고 싶어 했으며

남이 알아주기를 바라고,

내가 원하는 대로 다 이루어지기를 기대하며 살았기에

'가졌으면서도 갖지 못한' 인생이었는지 모른다.

안심할 수 없는 세상

　경쟁사회에서 저마다 공통으로 갖고 있는 것 중 한 가지는 남과 나를 견주어 보는 '비교법'일 것이다. 비교법은 질투와 시샘을 불러오기 마련이다. 나보다 나은 사람에게는 본능적으로 질투하기 마련이고, 나와 엇비슷해 보이는 사람과는 치열하게 경쟁하며, 나보다 좀 부족해 보이는 사람은 무시한다. 그래서 일류 대학, 성형수술, 대기업, 전관예우, 금수저, 강남불패 따위의 '신흥 종교'가 생겼을 것이다.

　고대 로마의 철학자이자 정치가인 키케로는 "숨 쉬는 한 희망은 있다(dum spiro spero)"고 했는데 요즘 이 말을 공감하기란 쉽지 않다. 어쩌면 이런 현상을 일컬어 '희망 고문'이라고 표현할 수 있을 것 같다. 절대빈곤 국가에서 가장 빨리 가난을 탈피하여 이제 교역 10대 강국이란 소리를 듣는 한국이지만 국민 행복도는 꼴찌라고 한다.

해외 교민들을 대상으로 강연을 할 때면 이국땅에서 온갖 설움과 멸시를 견디며 배고픔을 해결했으니 행복하게 살기 위해서 '배 아픔'도 털어버리라고 강조하곤 한다. 지금 처지가 어떠하든 몸과 마음이 어떠하든 재력과 건강이 어떠하든 비교법으로 주눅들지 말고, 결코 행복을 포기하지 말아야 한다. 또한 질투와 시샘으로는 상대를 능가할 수 없고, 설령 능가한다 해도 자괴감이 들어 행복할 수 없다고 한다.

강연 일정을 마치고 귀국하는 비행기 안에서는 책이나 영화를 보거나 음악을 들으며 시간을 보내는데, 최근에는 외국 TV의 몰래카메라 방송 프로그램으로 잠시 피로나 무료함을 달래곤 했다. 갖가지 아이디어로 사람을 속여 놀라게 하는데, 조금은 지나치다 싶은 것도 있지만 대부분 목소리나 자막 없이도 웃음을 자아내게 한다.

한때 우리나라 TV에서도 몰래카메라를 소재로 한 프로그램이 시청자들을 사로잡은 적이 있었다. 1990년대 초반 MBC에서 코미디언 이경규 씨가 진행한 〈이경규의 몰래카메라〉라는 코너는 꽤 오랫동안 높은 시청률을 자랑했다. 나도 1992년 5월에 방영된 〈이경규의 몰래카메라〉의 주인공이 되었고, 종합 결산 방송 때 내가 출연한 편이 1위로 선정되기도 했다. 지금도 동영상 공유 웹사이트의 검색 창에 '김홍신 몰래카메라'를 써넣으면 그때의 영상을 볼 수 있다.

그 시절의 몰래카메라는 유명인들을 대상으로 했기에 파급 효과가 매우 컸다. 내가 당하기 전까지는 유명인들이 눈치채지 못한 채 당하는 모습에 박장대소하며 나는 저렇게 쉽게 당하지 않을 거라고 생각했었다. 어느새 나도 몰래카메라에 걸려들었고, 많은 사람에게 재미를 선사한 것은 좋으나 웃음거리가 된 것은 두고두고 민망하고 거슬렸다. 누구든 몰래카메라에 걸려들면 심사가 매우 불편할 것이다.

재미있는 몰래카메라를 즐기는 것도 엄밀하게 따져보면 남의 곤경을 즐기는 것이다. 범죄형 몰래카메라는 갈수록 기술이 발달해 공공장소에서도 신체 일부분을 몰래 촬영하고, 헤어진 연인이 복수의 의도로 동영상을 유포하는 등 어디에서도 안심할 수 없는 세상이 되어버렸다. 2014년부터 2017년까지 4년간 이른바 '몰카'를 촬영한 피의자만 1만 6,802명에 달하고 피해자는 2만 5,896명이나 된다. 그것도 경찰에 신고가 됐거나 검거된 숫자가 이 정도이니 실제 드러나지 않은 피해는 훨씬 많을 것이다.

시청자를 재미나고 즐겁게 하기 위해 만든 TV 속 몰래카메라는 당사자의 허락을 받아 공개한다. 아무리 재미있게 연출되었어도 당사자가 거부하면 공개하지 않는다. 범죄형 몰래카메라는 상대의 인격을 무너뜨리고 씻을 수 없는 상처를 주는 악질적인 범죄이기에 반드시 엄히 다스려야 한다.

몰래카메라 범죄가 급증하는 것은 우리 사회가 관음증에 대해 관대하게 대응하기 때문일 것이다. 피의자가 아닌 피해자에게 손가락질하는 분위기도 바로잡아야 한다. 정상적인 사람이라면 몰래카메라 동영상을 보면서 남의 불행을 즐겼다는 죄책감으로 떳떳할 수 없다. 스포츠나 문화예술 감상, 놀이, 여행, 교류, 취미활동에서 얻는 쾌감은 베타 엔도르핀을 생성하고 진통 효과와 스트레스 해소를 도모하지만 남의 곤경을 즐기는 범죄형 몰래카메라는 '쾌락과잉증후군'으로 결국 자괴감에서 벗어날 수 없을 것이다.

비교법으로 주눅들지 말고

결코 행복을 포기하지 말아야 한다.

질투와 시샘으로는 상대를 능가할 수 없고,

설령 능가한다 해도 자괴감이 들어 행복할 수 없다.

선연과 악연

인연이란, 좁쌀 한 알이 바람에 휘날리다가 하필 땅에 거꾸로 박혀 있던 바늘 끝에 탁 꽂힐 확률만큼이나 소중하고 특별한 것이다. 그럼에도 인간의 갈등, 고통, 화, 불행의 대부분은 인간관계 때문에 생긴다고 한다.

사람이 지구에서 최고의 존재가 된 것은 근심, 걱정, 화, 고통을 이겨내려고 노력한 끝에 진화했기 때문일 것이다. 신이 한 일 중에 가장 위대한 일은 사람을 만든 것과 그 사람을 죽게 한 것인지도 모른다. 그렇다면 사람이 이룬 일 중 가장 위대한 것은 사람답게 사는 삶이리라. 사람답게 사는 걸 한마디로 축약하면 행복이라고 할 수 있다. 사람은 행복을 추구하기 위해 인연을 소중하게 여기기 마련이다.

뉴욕 알프레드 대학 철학과 교수 엠리스 웨스타콧은 '행복의 요소에 가장 중요한 건 사람이고 또 사람이 만드는 관계'라고 했다. 행복은 저절로 오는 법이 없다. 불행과 고통과 좌절을 딛고 와야 충만해지기 때문이다. 심리학에서는 행복을 자동차의 액셀 페달, 불행감을 브레이크에 비유하기도 한다. 성공한 사람들의 자서전이나 회고록에 어김없이 등장하는 것이 '인연과 만남'인 것을 보면 행복과 성공의 방정식은 '인연 갈무리'임을 알 수 있다.

한 문학잡지의 요청으로 내 연보를 정리하며 인연의 소중함을 새삼 느낀 적이 있다. 연보란 사람이 한평생 지낸 일을 연월일(年月日) 순으로 간략하게 적은 기록이다. 내가 누구의 자손으로 어디에서 태어나 지금까지 어떻게 살았는지를 기록하면서 내 인생에도 선연과 악연이 존재했음을 생각했다. 다행스럽게 나쁜 만남보다 좋은 만남이 훨씬 많아 아직도 잘 견디며 살고 있다는 걸 알게 되었다.

다양한 모습으로 살아왔지만 나를 한마디로 설명할 수 있는 것은 소설가다. 깃털만큼의 재주를 격려해 주고 칭찬해 준 스승들의 가르침이 아니었다면 어찌 이 풍진 세상에서 문학이라는 기둥을 붙잡고 살아남을 수 있었겠는가. 문단에 들어와서는 탁월한 작가들의 글을 읽으며 서툰 내 솜씨를 갈고닦았다. 부족한 부분을 메꾸려고 힘겹게 박사학위도 받았다. 그 덕에 모교에서 후학을 양성하는 교수 노릇도 할 수 있었다.

어찌 악연이 없었겠는가. 전두환 정권의 군사계엄 치하는 사전 검열과 갖가지 강압적 제재로 작가의 상상력을 억압하던 살벌한 시절이었다. 나의 글이 국가원수를 모독하고 체제를 비방했으며 군을 모독했다며 나를 강제 연행해서 모질게 다루지 않았다면 대한민국 역사상 최초의 밀리언셀러가 된 장편소설 『인간시장』은 탄생되지 않았을 것이다. 주인공의 이름을 '권총찬'으로 지었지만 삼엄한 검열에 걸려 결국 '장총찬'으로 바뀌기도 했다. 시대의 처절한 아픔과, 자유를 상실한 민중의 고뇌와 작가에 대한 핍박이 악연을 낳았고 그 악연이 내 인생을 이끌어줄 것을 짐작이나 했겠는가.

나를 잡아갔던 당시 보안사령부의 실력자였고 국회의원까지 했던 그 사람이 이승을 하직했다는 부고를 보게 되었다. 나는 그가 좋은 곳으로 가시기를 바라며 그의 영안실 쪽을 향해 백팔배를 했다. 그 사람과의 악연이 나를 성장시켰기 때문이기도 했지만 나도 모르게 나와 악연이 된 사람들에게 참 회하고 싶었다.

현대인의 휴대폰에는 매우 많은 사람들의 전화번호가 입력되어 있다. 사적이든 공적이든 많은 사람과 인연이 되었지만 정작 마음을 나눌 수 있는 사람은 그리 많지 않은 듯하다.

『던바의 수』를 지은 로빈 던바는 '인간의 뇌용량 한계로 보아 사람의 친밀한 관계의 최대치는 약 150명' 정도라고 한다. 기원전 6천년경 신석기 촌락의 거주민 수, 1086년 잉글랜드 토지대장의 마을 주민 수, 제조업 공장의 효율적인 작업반원 수, 온라인 게임 '리니지' 유저집단인 '혈맹'의 크기까지 얼추 150명 수준이라고 했다.

휴대폰을 열어 저장된 연락처를 살펴보면 친밀한 관계의 최대치가 100명을 넘기가 어렵다는 걸 알게 될 것이다. 휴대폰이 없던 시절, 유선전화로 통화하던 시절에는 수첩을 보지 않고도 전화를 걸 수 있는 상대를 친밀한 관계라고 여겼다. 업무상 자주 통화할 수밖에 없는 사람을 포함해도 평균 30명 안팎이 평균치였다. 결혼식의 하객이나 장례식의 조문객은 품앗이와 체면치레지 친밀한 관계로 보기 어렵다.

그러나 많다고 다 좋은 것은 아니다. 가까우면 가까운 대로,

멀면 먼 대로 자유롭게 인연을 맺으면 된다. 선연에 집착할 것도, 악연이라고 미워할 것도 없다. 사람들은 각양각색의 나무, 꽃, 풀, 짐승, 벌레 들이 어울려 사는 산을 아름답다고 여기고, 그런 산이 명산이다. 인간 세상도 각양각색의 사람들이 어울려 살아야 아름답다. 저마다의 개성을 가진 이들이 어울리며 인연을 맺을 수 있을 때 인류가 존엄한 존재가 될 것이다.

좋은 인연도, 나쁜 인연도 내 인생을 이끌어준다.

각양각색의 생명이 어우러져 명산을 만들듯

각양각색의 인연이 모여 품격 있는 삶을 만든다.

나를 키워준 '못난이' 은진미륵

　　1963년에 보물로 지정된 은진미륵불(공식 명칭은 '관촉사 석조 미륵보살 입상'이다)이 55년 만에 국보로 승격된다는 소식을 들었다. 문화재청은 국보로 승격시키는 이유를 '파격적이고 대범한 미적 감각'이라고 적시했고 또 '뛰어난 독창성과 완전성'을 갖췄다고 했다. 전문가들도 '기적을 일으킬 만한 괴력의 소유자 같은 모습으로 민중에게 희망을 주었다'고 했다.

　　나의 유치원 시절부터 초·중·고교까지 봄가을 소풍지는 매번 논산 관촉사였으며 갈 때마다 나를 압도하는 것은 은진미륵이었다. 그 당시에는 보물로 지정되지 않았고 석조 미륵 보살 입상이라고 일러준 이도 없어 그냥 '은진미륵'이라고 불렀다. 어린 내 눈에 그 불상은 거대하고 기이해 보였고 못생기고 투박했지만, 누구라도 그 앞에서는 두 손을 모으고 절을 올려야만 하는 영험(靈驗)하고 신비한 존재였다.

아이를 낳을 때마다 잃었기에 나 하나만은 어찌하든 살리고 싶었던 우리 어머니는 나를 임신하자마자 매달 초하루, 은진미륵을 찾아가서 백팔배를 하고 은진미륵불 둘레에 실을 감았다 푼 뒤 실패에 잘 감아두었다. 그 실로 배내옷을 지으면 태어난 아이가 무병장수하고 출세한다는 속설을 확신했던 것이다.

짓궂은 아이들은 은진미륵불 코 맞추기, 고무신 던지기도 하고, 간지럼을 태워서 미륵불의 굳은 표정이 웃는 모양으로 변하면 운수 대통한다는 속설을 확인하려고 솔가지로 장난질을 치기노 했다. 그러는 한편으로 소풍 때마다 으레 보물찾기를 했지만 단 한 번도 은진미륵상 주변에서는 보물 이름이 적힌 쪽지를 찾은 적이 없을 만큼 신성하게 여겼다. 미륵불 이마에는 세상에서 가장 진귀한 보석이 박혀 있는데, 일본 놈들이 빼간 것은 가짜이고 남아 있는 진짜 보석만 귀신처럼 빼내면

흥부네 박 타듯 온갖 재물이 생긴다는 이야기를 그 시절 우리는 믿었다. 그래서 빨리 어른이 되어 미륵불 이마에 있는 보석을 차지하리라는 야무진 꿈을 동무들과 함께 그려보고는 했다.

철들 무렵, 수학여행지인 경주에 가서 석굴암 본존불을 보고 비로소 부처님이 '못난이'가 아니라 참으로 신비한 미소에 잘생긴 얼굴이라는 걸 알았다. 그럼에도 나는 잘생긴 부처상보다 '못난이' 은진미륵이 좋았다. 어머니가 미륵불에 감고 기도한 실로 지은 배내옷을 입어 죽지 않고 살아났고, 짓궂게 놀던 어린 시절의 내 해진 옷이며 닳은 책보가 모두 그 기도의 실로 꿰매어졌기 때문만은 아니다. 똑 부러지게 설명하기 어렵지만 미륵불의 담대한 모습, 세상이 뭐라 하든 괘념치 않는 자태, 세상을 바로 보겠다는 강렬한 눈빛, 세상의 모든 소리를 귀담아듣겠다는 큰 귀, 하고 싶은 말은 많지만 마음속에 굳게 담아두겠다는 의지가 엿보이는 입술, 삼라만상이 어지럽고 번잡하더라도 이마의 점 하나만도 못하다는 장중한 가르침이 세월이 지나도 마음에서 지워지지 않았다.

성당에서 운영하는 유치원에 다닐 때 부모님과 나는 한날한시에 영세를 받고 천주교 신자가 되었다. 그런데도 어머니는 봄가을 나들이 때마다 은진미륵 앞에 가서 절을 했다. 외아들을 살려준 고마운 미륵불이라고 생각했을 것이다. 어머니가 미륵불에 기도하고 그 기도의 실로 내 옷을 짓고 꿰매어 오늘날 나는 이만큼 건강하게 살고 있고 세상 사람들이 성공한 인생이라고 추켜주기도 한다. 은진미륵은 내 성장기를 지켜봐준 추억의 보금자리일 수밖에 없다.

또한 은진미륵은 석굴암의 본존불과 전혀 다른 가치가 있어 존엄하다. 인체 비례에 맞지 않는 불상을 만든 의도를 알 수 없지만, 생긴 모습을 가지고 존재의 가치와 품격을 따지지 말라는 의미 이상의 깊은 뜻이 있었으리라.

'못난이' 은진미륵이 국보로 승격하며 우리에게 귀한 가르침을 던져주었다. 지금 내 잣대로만 세상을 예단하는 어리석음에서 벗어나야 하고 저마다의 개성을 이해해야 하며 겉모습만으로 사물이나 사람을 판단하지 말라는 가르침을 새겨보아야 할 것이다. 스승의 따끔한 가르침의 목소리가 들려왔다.

"돌로 만든 부처상에는 그리 정성으로 절을 하면서 어째서 부부, 자식, 친구, 고마운 이에게는 절을 못 하는가!"

지금 나의 잣대로만 세상을 예단하는

어리석음에서 벗어나

저마다의 개성을 이해하며

겉모습만으로 사물이나 사람을 판단하지 말자.

애들아, 뜨거운 물 뿌린다

　마당으로 나가보니 거미줄이 산지사방 눈에 띄었다. 가을이 오고 모기와 하루살이 같은 것들이 줄어들자 거미들이 생존을 위해 극성스럽게 줄을 엮어놓은 것이다. 30여 년간 한집에 살면서 이렇게 많은 거미줄이 쳐진 것은 처음 보았다. 소나무 속에 얼기설기 걸쳐 있는 거미줄 말고 제법 눈에 뜨이는 널따란 거미줄만도 스무 개가 넘었다. 몸과 다리가 유난히 길고 색깔이 화려한 거미들은 마당이 마치 제 것인 양 자태를 뽐내고 있었다.

　글을 쓰다 지치면 마당에 나가 거미와 거미줄을 유심히 쳐다보곤 한다. 거미는 감나무처럼 잎이 바람에 많이 흔들리는 나무에는 거미줄을 치지 않는다. 나무와 나무 사이, 가지와 솔잎 사이에 길게 거미줄을 늘이고 다시 줄과 줄을 얽은 뒤 나선형으로 서까래를 얹듯 촘촘하게 그물을 짜둔다. 그리고 바깥에서 안쪽으로 동그라미를 그리듯 실을 뽑아 뒷발로 척척 엮어 집을 짓는다. 그 많은 실을 뽑아내면서도 몸이 줄어들지 않는 걸 보며 살아 있는 모든 것은 신비롭다는 생각을 했다.

거미는 종일 움직이지 않았다. 모기나 하루살이 들이 걸린 걸 거의 볼 수 없었다. 더러 솔잎이나 작은 소나무 껍질이 대롱대롱 매달려 있을 뿐이었다. 굶고 있는 거미에게 먹이를 주고 싶은 생각에 작은 벌레를 잡아 조심스럽게 거미줄에 붙여주었다. 거미가 잽싸게 달려들었다. 그 순간 나는 내 어리석음을 깨달았다. 작은 벌레의 처지는 미처 생각하지 못했던 것이다. 동물의 세계는 이렇듯 약한 것이 강한 동물의 먹이가 된다.

인간 세상도 다르지 않은 것 같다. 우리가 사는 세상은 언제부턴가 돈과 권력이 강자 행세를 하게 되었다. 흔히 '김영란법'이라 부르는 부정청탁 방지법이 시행된 이후 식사 3만 원, 선물 5만 원, 경조사비 10만 원 때문에 전전긍긍하는 모습들을 보며 씁쓸했다. 그동안 대한민국이 불량국가였다는 걸 입증하는 듯했다. 실제로 영업 손실이나 벌이가 끊긴 사람들도 생겼다고 하고, 당장 내 입에 풀칠하기도 버거운 서민들은 그런 이야기는 나와 상관없는 먼 나라 이야기라며 탄식하기도 했다.

지금도 여전히 많이 가진 자들은 없이 사는 사람을 등치며 돈을 성능 좋은 총처럼 마구 사용한다. 어느 소문난 재벌은 수천억 원대 배임 횡령 혐의에도 구속되지 않았고, 전직 대통령 아들은 조세 포탈로 선고받은 벌금 38억 원 대신 하루 400만 원씩 탕감받는 황제 노역으로 버티기도 했다. 이런 사례는 셀 수 없을 만큼 많다.

비즈니스 인사이더는 세계경제포럼(WEF)의 보고서를 인용해 2016년 경제협력개발기구(OECD) 국가 중 가장 부패 정도가 심한 국가 11개국을 선정했다. 대한민국은 9위로 그 그룹 안에 포함됐는데 "부패가 큰 문제인 것으로 광범위하게 여겨지고 있다"고 분석했으며, "그래서 최근에는 공무원과 공공기관 직원, 언론인, 교사 등에게 3만 원 넘는 밥을 사주지 못하도록 하는 법률을 도입했다"고 김영란법을 소개했다.

불량품을 납품하여 군용 헬기가 추락하고 정예 요원이 죽

었다면 그 존귀한 생명은 어떻게 보상받을 수 있을까. 부정부
패가 살인행위로 이어진 것이다.

조선 시대 신비 윤기(尹愭, 1741~1826)는 『무명자집(無名子
集)』에 "사랑하기만 하고 가르치지 않으면 짐승으로 기르는
것이다"라고 했다. 여기서 가르친다는 것은 '사람답게 사는
법'을 뜻할 것이다. 인간의 존재를 귀하게 여기고 세상에 존재
하는 모든 것, 풀 한 포기, 벌레 한 마리까지도 소중하게 생각
하는 게 사람다운 모습일 것이다. 남의 목숨을 가볍게 여기
는 사람은 자신조차 존중하지 못하는 정신적 노예일 수밖에
없다.

우리 할머니는 뜨거운 기운이 남아 있는 개숫물을 마당에
버리면서 "애들아, 뜨거운 물 뿌린다"라고 말했다. 눈에 보이
지 않는 벌레들이 알아들을 리 없건만 그런 말을 할 수 있었
던 세상이 그립다.

인간의 존재를 귀하게 여기고

세상에 존재하는 모든 것,

풀 한 포기, 벌레 한 마리까지도 소중하게

생각하는 게 사람다운 모습일 것이다.

사랑과 용서가 어렵습니까

4장

공책에 '용서의 진정한 의미는 무엇인가'를 적어보았다. 용서란 나를 자유롭게 하는 것, 나를 치유하는 것, 나를 기쁘게 하는 것, 나를 웃게 하는 것, 나를 품격 있게 하는 것, 나를 건강하게 하는 것, 나를 향기 나게 하는 것, 나를 인정받게 하는 것, 나를 빛나게 하는 것, 나를 살맛 나게 하는 것……. 이렇게 써 내려가다가 용서란 결국 '사랑의 진정한 의미'와 너무 닮았다는 걸 알았다.

보물에 얽힌 비밀과 약속

어렸을 때 초등학교 소풍에서 가장 기대되는 것은 '보물찾기'였다. 보물이라 해봤자 연필, 공책, 지우개가 고작이었지만 상품이 적힌 쪽지를 찾느라 날랜 짐승처럼 뛰어다녔다. 눈썰미와 순발력 있는 녀석들은 보물 쪽지를 대여섯 개씩이나 찾아 들고선 의기양양하고, 나처럼 엉뚱한 곳을 찾아다니는 녀석들은 빈손이기 십상이었다. 어쩌다 재수가 좋아 획득한 보물 쪽지가 먼저 소풍 다녀간 다른 학교 쪽지여서 실망하는 경우도 생길 만큼 나는 보물찾기의 맹추였다.

쪽지는 거의 선생님이 감추지만 우리 담임선생님은 반장을 데리고 다니며 쪽지를 숨겼다. 그해 봄 소풍 때는 선생님이 아이들 몰래 나를 불러 쪽지를 주며 숨기라고 했다. 대신 찾기 쉽게 숨기고 한곳에 여러 개를 숨기지 말라고 했다. 선생님과 나는 비밀을 만들었다. 집안이 기궁하여 도시락을 가져오지 못하는 아무개에게만 몰래 숨긴 곳을 알려주라고 했다. 그리고 그곳에 연필 석 자루, 공책 세 권, 지우개 세 개가 적혀 있는 보물쪽지를 모두 두라고 했다. 선생님은 내 등을 몇 번이고 두드려주었다.

　녀석은 나하고 친하지도 않았고 공부도 잘하지 못했으며 아이들과 잘 어울리지도 않았다. 내가 녀석에게 귀띔하자 녀석은 시큰둥하니 고개를 끄덕였다. 보물찾기 시상식에서 녀석은 모처럼 기분 좋게 웃었다. 돌아오는 길에 녀석은 내게 연필 한 자루, 공책 한 권, 지우개 한 개를 내밀었지만 받을 수가 없었다. 내 손에는 이미 선생님이 따로 챙겨주신 보물이 있었기 때문이었다.

　반장도 아닌 내게 보물 쪽지를 숨기게 한 것도 이해할 수 없었지만 아무개에게 보물 쪽지 숨긴 곳을 일러주게 한 선생님의 마음을 이해하는 것은 더 어려웠다. 나는 죄지은 사람처럼, 발설하면 선생님과 내가 욕을 먹을 것 같은 생각에 부모님이

나 친구들 앞에서 입이 근질거려도 굳게 비밀을 지켰다. 세월이 한참 흐른 뒤에 그 비밀을 잊어버릴 즈음 내가 왜 선생님에게 선택되었는지를 알았다.

그 시절에는 '가정환경조사서'라는 게 있어서 부모님은 무슨 일을 하는지, 집에 자전거나 재봉틀이나 시계 따위가 있는지부터 셋방살이인지 초가집인지 기와집인지 시시콜콜 적어내고는 했다. 부끄러움을 면해보려고 없는 재봉틀이 있다고 거짓말을 스스럼없이 해도 그만이었다.

우리들을 더 곤란하게 만드는 것은 장래희망을 묻는 것이었다. 의사, 변호사, 장군 아니면 거개가 선생님이었고 더러 대통령이라고 한 녀석 때문에 웃음바다가 되고는 했다. 그 시절 공무원의 상징인 면서기나 경찰관을 하겠다는 녀석은 없었고 시골 부자의 상징인 양조장 주인이나 방앗간, 만물상회 주인이 되겠다는 녀석도 없었다. 선생님이 되고 싶다고 해야 선생님이 좋아할 거라는 의뭉스러운 생각 때문에 한 반에서 절반 넘게 희망사항이 선생님이었다.

그러나 나는 끝까지 손을 들지 않았다. 선생님이 불러주는 직업 중에 내가 원하는 직종이 없었기 때문이었다. 선생님이 내게 "뭐가 되고 싶으냐?"고 물었다. 나는 끙끙거리다가 모기

소리로 대답을 했다. "천주교 신부님이 되고 싶습니다." 장난기 많은 녀석들도 웃거나 빈정대지 않았다. 가당찮다고 생각했거나 어이가 없다고 느꼈을지 모른다. 선생님은 아무 말 없이 고개를 끄덕였다.

학년이 바뀌어 6학년이 되자 선생님은 나를 전교 도서반장을 시켰다. 도서실이라 불리는 빈 교실의 책꽂이에는 기껏해야 수백 권 정도의 책이 꽂혀 있을 뿐이었다. 그러던 어느 날 밤에 허름한 창문을 열고 누군가 들어와서 10여 권을 가져갔다. 선생님은 명탐정처럼 사건을 해결했다. 도둑맞은 책은 고학년용이었고 6학년 남학생 반은 두 개 학급이었다. 아이들이 책상에 머리를 대고 눈을 감게 한 뒤에 솔직하게 손을 들면 기꺼이 용서할 테니 선생님을 믿어달라고 했다.

선생님은 이튿날 나를 교무실로 불러 말씀하셨다. "오늘 밤에 누군가가 너희 집으로 책을 가져올 테니 절대로 비밀을 지켜야 한다. 고아원에는 읽을 책이 한 권도 없단다. 너는 장차 신부님이 될 테니까 너만 믿는다." 우리 반에 고아원생은 딱 한 명이었다. 나는 성직자가 되지 못했고 수많은 약속을 지키지 못했지만 선생님과의 약속은 지켰다. 약속이 쓰레기 더미에 던져지는 세상에 옛일이 자꾸 그립다.

사랑은 멀리 있는 게 아니다.

남모르게 지켜낸 작은 약속이

누군가에게는 잊지 못할 선물이 된다.

용서도, 사랑도, 나를 위한 것

젊은 시절, 어른들이나 스승께서 "인연을 함부로 맺지 말라, 인연 때문에 받은 상처에는 약이 없다"고 가르쳐주셨다. 우리가 안고 사는 근심, 걱정의 태반은 사람 때문이며 어지간한 아픔은 세월이 약이지만 잘못 맺은 인연의 고통은 질기다고도 했다.

그 시절에는 그냥 좋은 사람을 사귀라는 말씀으로만 알았다. 나이 들고 세상에 부대끼며 살아보니 그 시절 어른들의 가르침이 절묘하다는 생각을 한다. 사람 때문에 내가 아팠던 것만 떠올렸지 나 때문에 상대가 아팠을 건 깊게 생각하지 않았다는 것도 알게 됐다. 인생이란 자기중심으로 살아가는 것이니 으레 그러려니 했는데, 스승의 가르침대로 참회 기도를 하면서 문득 떠오른 것은 나 때문에 가슴 아픈 사람이 누구든, 기억할 수 없거나 떠오르지 않거나 알 수 없는 것까지도 참회해야 한다는 것이었다.

내가 손해 볼 걸 뻔히 알면서 특정 집단 책임자의 비리를 밝힌 적이 있다. 내 주장에 맞장구를 쳐주었거나 내 편에 서서 그 비리를 비판한 사람들은 거의 손해를 보았거나 억울한 소리를 들어야만 했다. 나는 주모자 취급을 당했고, 믿고 친하게 지냈던 사람에게서 뒷조사를 당하고 모함하는 소리까지 들어야만 했다.

비리의 당사자에게서 받은 손해나 모함은 견딜 수 있었지만, 믿었던 사람이 그쪽 편에 서서 나를 해코지하는 것은 견디기 어려웠다. 결국 법정에서 내 주장이 옳았고 비리가 분명하다고 해서 상대는 유죄 판결을 받았다. 정의가 이겼다고 기뻐해야 할 일이지만, 내 마음은 여러 갈래로 흩어져 편치 않았다.

죄는 미워하되 사람은 미워하지 말라는 또 다른 가르침이 나를 자꾸 흔들었다. 비리를 저지른 책임자는 징벌을 받았으니 얼마나 괴롭고 내가 밉겠는가. 내 뒤를 캐던 사람은 지금쯤 얼마나 면목이 없겠는가. 바꾸어 생각해 보면 아무리 내가 옳은 주장을 했더라도 상대는 나와의 인연이 악연이라고 생각하며 괴로워할 것 같았다.

그들이 나를 모함하고 해코지했고, 그 사건의 최고 책임자가 유죄 판결을 받았으니 나는 승자가 된 듯이 좋아해도 그만 아닌가 하는 생각도 안 한 것은 아니다. 그러나 유죄 판결 소식을 들은 순간부터 가슴 한편에 가시가 박힌 듯한 느낌을 지울 수가 없었다.

나는 공익제보자였고 그는 비리를 저지른 범죄자라고, 괜찮다고 나 자신을 설득해 보아도 마음은 편치 않았다. 책을 읽어도, 원고를 써도, 뉴스를 봐도 마음에 가시가 찔린 듯한 느낌은 계속되었다.

그러다가 갑자기 우주 만물은 항상 돌고 변하여 잠시라도 한 모양으로 머무르지 않는다는 제행무상(諸行無常)과 존재하는 모든 사물은 인연으로 생겼으며 참다운 자아의 실체는 존재하지 않는다는 제법무아(諸法無我)를 떠올렸다. 무엇인가 성취한 이후에 찾아오는 허탈감의 정체를 파악하고 싶었다.

내 행위가 옳고 공익적이며 인간의 도리를 다한 것이라는 판단으로 보상을 바라는 심리 때문인지도 모른다고 생각했다. 그래서 잘했다, 용기 있다, 정의롭다, 당당하다는 말을 듣고 싶은 보상 심리가 숨어 있을 수 있다는 생각도 했다. 아무리 그렇더라도 마음이 개운하지 않았다.

그날 깊은 밤에 참회 기도를 시작했다. 참(懺)은 '과거로부터 지은 잘못을 뉘우치는 것'이고, 회(悔)는 '지금으로부터 미래에 이르도록 지을 허물을 지우는 것'이다. 그리고 알아차렸다. 내가 죄만 미워한 것이 아니라 사람까지 미워했다는 것을 알았다. 이런 내 마음을 닦아내는 방법은 용서밖에 없다는 것도 깨달았다.

공책에 '용서의 진정한 의미는 무엇인가'를 적어보았다. 용서란 나를 자유롭게 하는 것, 나를 치유하는 것, 나를 기쁘게 하는 것, 나를 웃게 하는 것, 나를 품격 있게 하는 것, 나를 건강하게 하는 것, 나를 향기 나게 하는 것, 나를 인정받게 하는 것, 나를 빛나게 하는 것, 나를 살맛 나게 하는 것…… 이렇게 써 내려가다가 용서란 결국 '사랑의 진정한 의미'와 너무 닮았다는 걸 알았다.

그러고 보니 용서와 사랑은 단어만 다를 뿐이지 결과는 같다는 걸 깨달았다. 사랑도 나를 위한 것이요, 용서도 나를 위한 것이 아닌가. 사랑하고 좋아하고 친했던 사람이 원수가 되기도 한다. 그래서 스승과 어른들이 그리도 진정한 인연과 스쳐가는 인연을 강조하며 함부로 인연을 맺지 말라고 가르쳤는지 모른다.

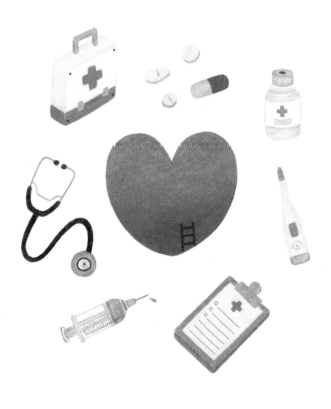

어지간한 아픔에는 세월이 약이지만

잘못 맺은 인연의 고통에는 용서가 약이다.

말 무덤과 내 마음의 찌꺼기

　　강연 직전, 다른 강연장에서 내 강의를 듣고 감동했다는 사람을 만나게 되면 잠시 난감해진다. 준비한 강연 내용을 바꿔야 할까 궁리하게 된다. 더구나 같이 찍은 사진까지 스마트폰을 열어 보여주면 그때는 내 강연이 어떤 내용이었는지 묻고 싶은 걸 애써 참으며 얼른 양복 윗주머니를 뒤진다. 적어 놓은 메모지를 꺼내 읽으며 어찌 응용할지 궁리하게 된다. 메모 내용은 책이나 신문을 읽다가 마음에 닿는 내용이기도 하고 방송 또는 모임에서 들은 이야기일 수도 있다. 건망증 때문에 생긴 메모 습관 덕에 수십 권의 메모 노트를 만들어 글을 쓰거나 강연할 때, 주례를 서기 전에 틈틈이 읽어보곤 한다.

그날 강연은 경상북도 예천의 한 마을에 있다는 '말 무덤' 이야기부터 꺼냈다. 말 무덤은 사람이 타고 다니는 말[馬]의 무덤이 아니라 사람의 입에서 나오는 말[言]의 무덤으로 언총(言塚)이라 일컫는다. 어느 기자의 취재에 따르면 임진왜란 무렵에 여러 곳에서 피란을 온 갖가지 성씨의 사람들이 모여 살면서 말다툼이 잦아지자 마을 어른들이 과객의 도움을 받아 마을 입구와 복판에 '재갈바위'를 세웠다고 한다.

재갈이란 말을 부리기 위해 말의 아가리에 가로물리는 가느다란 막대이기도 하지만, 여기서는 소리를 내지 못하도록 사람의 입에 물리는 물건을 뜻하는 것 같다. 마을 토박이거나 외지에서 온 사람들에게 입단속을 하라는 경고장이 곧 재갈바위일 것이다. 마을 사람들이 그동안 남을 헐뜯었던 말이나 험한 말들을 지방(紙榜, 종잇조각)에 지방문을 써서 만든 신주(神主)에 쓰고 사발에 담아 땅에 묻었더니 막말과 다툼이 잦아들었다고 한다.

요즘 뉴스를 대할 때마다 씁쓸하고 마음 아플 때가 이렇게까지 있었나 싶을 만큼 날마다 험한 이야깃거리가 넘쳐나고 있다. 그것들을 한데 모아 묻을 방법이 있는 것도 아니고 모아서 묻는다 한들 세상사가 잠잠해지겠는가. 그래서 나는 객석을 향해 선조들의 지혜를 잘 응용하는 것 또한 멋진 지혜이니 각자 마음속에 있는 근심, 걱정, 분노, 갈등 따위를 연필로 종이에 적어서 마당이나 화분에 묻고 물을 듬뿍 주라고 했다. 형식이지만 마음을 움직일 수도 있으니 한 번쯤 시도해 볼 가치가 있다고 강조했다.

살면서 때때로 마음을 무겁게 하는 게 있다면 종이에 써서 묻고 빨리 잊는 게 삶의 지혜일 것이다. 천국과 지옥은 사람의 마음속에 있다고 한다. 마음속에 미움이 가득하면 지옥과 다름없고 마음속에 사랑이 가득하면 천국과 다름없을 것이다.

강연을 마치고 집에 와서 원고지를 펴놓고 내 마음의 찌꺼기들을 적어보았다. 몇 가지 안 될 거라고 생각했는데, 내 마음을 찬찬히 들여다보니 찌꺼기가 여간 많은 게 아니었다. 용서했다고 생각했지만 겉으로만 용서했고 속으로는 미움이 그대로 남아 있지 않은가. 진즉에 잊었다고 믿었는데 마음 한구석에 여전히 숨어 있었다. 그까짓 거 걱정거리가 아니라고, 괜히 마음 졸인 나 자신이 어리석은 탓이라고, 이젠 마음을 내려놓고 털어버렸다고 생각했었다. 사실은 대범한 척했을 뿐 응어리는 그대로 남아 있었다. 원고지 한 장이 모자랄 만큼 내 마음속이 복잡하고 어지러웠다. 남에게는 마음속 찌꺼기를 비우라고 하면서 내 마음속에는 쓰레기 더미를 쌓아두었다는 것을 알게 되었다.

나는 마음속 찌꺼기를 적어놓은 원고지를 곱게 접어놓고 삼배를 올렸다. 삽을 들고 꽃밭을 판 후 그것을 묻고 물을 주었다. 그러면서 스스로에게 말했다. '누군가 불편하다면 그 사람의 입장에서 나는 어떤 사람인지 생각해 봐야 한다.' 그 사람 입장에선 내가 밉고 불편해 보일 수도 있는 것이다.

'나쁜 기억 지우개'라는 모바일 앱이 있는데, 2016년에 출시된 후 2년 만에 다운로드 15만 건이 넘었다고 한다. 앱을 켜고 고민을 써 올리면 다른 사용자들이 댓글로 위로해 준다고 한다. 그러나 마음속 찌꺼기를 모두 올리기가 쉽지 않을 거라는 생각을 했다. 남에게 위로 받는 것에는 한계가 있기 마련이다. 스스로 위로 받을 수 있는 묘책을 찾아내면 지혜를 터득하는 게 아닌가 한다.

마음속에 있는 근심, 걱정, 분노, 갈등 따위를

하나하나 적어 땅에 묻고 물을 듬뿍 주자.

살면서 때때로 마음을 무겁게 하는 게 있다면

종이에 써서 묻고 빨리 잊는 게 삶의 지혜일 것이다.

우리를 위한 알아차림

초보운전 딱지를 차에 붙이고 다니던 딸아이가 운전하면서 화가 날 때마다 "관세음보살"을 읊조리며 삭이니까 마음이 편해진다고 했다. 그 말을 듣고 내 젊은 시절을 떠올리니 부끄러움이 슬며시 고개를 들었다. 운전대를 잡으면 분노하는 로드 레이지(road rage)는 아니었지만 젊은 시절 나는 분을 삭이지 못하고 큰소리로 대거리를 하거나 화를 내곤 했다. 나는 그 분노를 당당한 꾸짖음이거나 시시비비를 가리는 분별력이거나 정의로운 자의 비판으로 여기며 내 행위를 정당화하려고 애쓰고는 했다.

차가 많지 않던 시절이었지만 내가 초보운전자였을 당시 장난기로 '좀 봐줘유 씨!'라고 차 뒤에 써 붙이고 다녔다. 처음 운전대를 잡은 사람들이 '초보운전'이라고 써 붙이는 것은 스스로 약자라는 걸 다른 운전자들에게 알려주는 것이다. 그러면 운전 솜씨 좋은 강자가 살펴주는 게 도리인데도 약자를 희롱하는 사람들이 의외로 많은 세상이 된 것 같다.

치열한 경쟁사회에서 약자의 서러움을 수없이 지켜보며 어찌하든 낙오자가 되지 않으려고 강한 척하며 살아왔다. 그 어리석음을 지우는 데는 결코 적지 않은 시간과 비용이 들기 마련이라는 걸 세월이 흐르면서 깨닫게 되었다.

스승을 찾아다니며 마음공부를 하면서 내가 스스로 정당화하며 강한 척했던 행위는 선비정신이나 반골 기질에서 나온 것이 아니라 나를 알아차리지 못한 탓이란 걸 알게 되었다. 현대의 최첨단 과학기술이라는 인공지능의 기억저장능력이 방대하다 해도 '알아차림'의 능력은 없다. 그 알아차림은 사람이 입력시켜 주어야만 가능하다.

사람도 마찬가지인 것 같다. 스스로 깨우치는 사람도 있겠지만 타인의 시선과 관찰로 다듬어지는 알아차림이 훨씬 쉬울 것이다. 나 역시 생각만큼 쉽게 알아차리거나 실행하게 되지 않았다. 하지만 세월이 나를 삼키면서 조금씩 다듬어졌고, 이제는 외진 길에서 운전 교습차가 느리게 내 앞을 지나가도 웃으며 느긋하게, 땀 흘리는 운전자를 마음으로 응원하게 되었다.

담배꽁초를 차창 밖으로 던진 운전자에게 환하게 웃으며 "우리나라를 더 살기 좋은 깨끗한 나라로 같이 만들고 싶습니다"라고 말할 수도 있게 되었다. 그렇게 말하면 더러 눈을 흘기거나 "여기가 당신 땅이냐"고 이죽거리는 사람도 있지만 거개가 "죄송합니다", "미안합니다"라고 하기 마련이다.

공중화장실에서 습관적으로 휴지를 서너 장씩 뽑아 쓰는 사람에겐 "여기 휴지 한 장이면 충분하다고 써 있던 종이를 제가 괜히 치웠나 봅니다"라고 하면 서로 웃으며 손을 흔들게 된다. 복잡다단한 현대의 도회지에 살면서 이게 무슨 오지랖 넓은 짓이랴만 옳지 않은 것에 침묵하는 것도 알아차림은 아닐 것이다.

프로 축구나 야구 경기를 관람하며 열성으로 응원하는 사람들을 볼 때마다 그들을 부러워한다. 아들 녀석은 어려서부터 야구를 좋아해서 A야구단의 열성팬이다. 성적이 나빠도 선수나 감독이 실망시켜도 변함없이 응원한다. 며느리가 다니는 회사에도 야구단이 있지만 A야구단을 응원하게 만들고, 아직 어려서 세상물정 모르는 손자까지 설득하여 A야구단 응원을 강요할 만큼 초지일관이다.

그러나 나는 해마다 응원하는 팀이 바뀐다. 매년 꼴찌를 하는 팀을 응원하기 때문이다. 선수나 감독이 구단의 눈칫밥을 먹을 테고 팬들에게 면구스러울 것이며 기운 빠졌을 게 뻔하다. 우승한 팀을 부러워할 테고 좋은 성적을 내지 못해 마음이 시릴 것 같아 나는 번번이 꼴찌 팀을 응원하게 된다. 어쩌면 나 역시 평생 시험 봐서 일등을 한 적이 없고 시합에서도 우승한 적이 없으며 조직 속에서는 아웃사이더였기 때문인지도 모른다.

꼴찌와 약자도 대접받는 세상을 꿈꾸고 꼴찌에게 박수치는 사람이 많기를 바란다. 약자가 반드시 밝게 웃는 날이 오기를 기대한다. 인간은 결코 혼자 살 수 없음에도 혼자 잘 살려고 남을 깔보고 약자의 등을 치는 사람이 활개 치는 세상에, 꼴찌들과 더불어 살기 위해 책상 앞에 이렇게 써 붙였다.

"사랑과 용서로 짠 그물에는 바람도 걸린다."

인공지능의 능력이 아무리 방대하다 해도

'알아차림', '깨달음'의 능력은 없다.

사람은 알아차리고 깨달으면서 무한히 발전한다.

세상을 바꾸는 작은 힘

　　로마제국 말기의 철학자이자 사상가인 성 아우구스티누스는 말했다. "인간은 높은 산과 바다의 거대한 파도와 굽이치는 강물과 광활한 태양과 무수히 반짝이는 별들을 보고 경탄하면서 정작 가장 경탄해야 할 자기 자신의 존재에 대해서는 경탄하지 않는다." 여기서 경탄(驚歎)은 우러르며 감탄한다는 뜻이다. 나는 때때로 내 존재보다 다른 존재를, 내가 가진 것보다 다른 사람이 가진 것을 시샘하고 부러워했다는 걸 알아차렸다.

　　강남의 스타필드 코엑스몰에는 13미터 높이의 대형 책장 3개에 5만여 권이나 되는 책이 마치 거대한 풍랑처럼 펼쳐진 '별마당 도서관'이 있다. 책을 마음대로 읽을 수 있고, 음식을 들고 들어갈 수도 있으며 아이들과 쉴 수 있는 공간까지 마련되어 있는 도서관이다. 이곳에선 강연도 하고 멋진 공연도 하는데 나도 그곳에서 출간 기념 북 콘서트를 했다.

이 도서관의 매달 책 구입 금액이 2천만 원이고 개관 후 6개월 동안 3만 권을 추가로 구입했다고 한다. 해외 잡지를 비롯하여 600여 종의 최신 잡지도 갖추었으니 우리같이 책 욕심이 많은 사람들에겐 경탄의 대상일 수밖에 없다.

나는 더러 재벌이 되고 싶다는 생각을 한다. 미술 전시회를 참관하다가 명화가 심장을 쿵쿵거리게 만들거나, 음악회의 장중한 음률이 내 영혼을 춤추게 하거나, 박물관에서 조상의 웅혼한 숨결에 가슴이 울렁거리거나, 우리 문화유산의 거룩함에 탄복할 때마다 이것들을 누구나 무료로 관람하고 즐길 수 있게 하는 재력이 있었으면 얼마나 좋을까 생각하곤 한다.

그러니 별마당 도서관을 보고 100만 권의 장서를 갖춘 도서관을 만들어 누구든지 읽고 싶은 대로 읽고 누구든지 한 달에 한 권씩 무료로 갖고 싶은 책을 가져갈 수 있게 하고 싶지 않았겠는가. 그러나 내 재주로는 죽었다 깨어나도 재벌이 될 수 없으니 '개꿈'에 불과하다는 생각을 하기도 한다.

별마당 도서관을 부러워하며 돌아온 날 밤에 나는 우리 집 이층의 서재를 둘러보며 문득 한 제자의 말을 떠올렸다. "저 많은 책, 다 읽으셨나요?" 제자의 표정엔 내가 그 책들을 얼추 다 읽었을 거라는 존경의 눈빛이 담겨 있었다. 그 순간 나는 책 소유 욕심에 비해 책을 읽으려는 욕심은 적었다는 부끄러움을 느꼈다.

인간은 나와 다른 것, 내가 갖지 못한 것에 반사적으로 호기심을 갖는다고 한다. 남자는 여자에게, 여자는 남자에게, 가난한 사람은 부자에게, 평범한 사람은 특출난 사람에게, 아픈 사람은 건강한 사람에게 호감을 갖거나 부러워하기 마련이다.

그럼에도 우리 주변을 잘 살펴보면 남이 가진 것은 존중하고 내가 가진 것은 나누며 향기 나는 삶을 실천하는 사람들이 있다. 불교에서는 이것을 무주상보시(無住相布施)라고 한다. 『금강경』에 의해 천명된 것으로 '내가 무엇을 누구에게 베풀었다는 자만심 없이 온전한 자비심으로 베푸는 것'을 뜻한다.

해마다 어김없이 많은 돈을 주민센터에 전달하고도 이름을 밝히지 않는 사람과 구세군 냄비에 큰 액수를 넣고 시치미를 떼는 사람, 장애인 시설이나 노인정, 독거노인을 찾아다니며

위로하는 사람들은 베푼 것이 아니라 나누었다고 생각하는
이 시대의 천사들이다.

어느 가을 서울광장에서 열린 '청춘 콘서트'에 잠석한 적이
있다. 젊은 대학생들의 당당한 열정에 손바닥이 아프도록 박
수를 쳤고 부끄러움도 느꼈다. 우리나라에 무거운 리어카를 끌
고 폐지를 줍는 폐지 수거인이 120만 명쯤 된다고 한다. 열세
명의 대학생이 '끌림'이라는 모임을 만들어 70킬로그램짜리
리어카를 40킬로그램으로 무게를 줄이고, 옆면에 광고판을
만들었다. 그들은 기업을 찾아다니며 광고를 받아 부착했고,
광고 수익을 고루 분배했다. '끌림'을 만든 대학생들은 폐지 수
거인들이 낙오자나 실패한 사람이 아니라 자원순환의 일등공
신으로 존중받아야 한다고 했다.

그들은 스스로를 경탄하게 만든 것이 분명했다. 남을 살피
고 더불어 괴로움 없고 자유로우며 화평한 세상을 도모하는
것은 정녕 우리 모두가 경탄할 만한 일이다. 어처구니없는 사
건 사고가 밤낮없이 일어나도 우리 사는 세상이 무너지지 않
고 멀쩡한 것은 그들처럼 따뜻한 경탄을 자아내게 하는 사람
들이 무수히 많기 때문일 것이다.

스스로를 경탄하게 만들면 세상도 내게 경탄한다.

따뜻한 경탄을 자아내는 사람들이 있는 한

세상은 결코 무너지지 않는다.

관상이 말해 주는 것들

사람들이 부러워하고 갖고 싶어 하는 것이 권력, 돈, 명예이지만 함부로 휘두르면 반드시 탈이 날 수밖에 없다. 촛불집회와 탄핵정국의 회오리바람에 휩쓸려간 권력자들은 지금쯤 권력을 함부로 썼다는 사실을 절감하고 있을 것이다. 막강한 권력을 준 것은 국민이었기에 국민을 하늘로 여겨 섬겼으면 그런 모진 꼴은 면했을 것이다. 함부로 쓴 권력의 또 다른 모습은 이른바 '미투 운동'으로 유감없이 드러났다. 윗자리에 있으면 아랫자리를 농락해도 그만이고 욕정을 채워도 탈이 나지 않을 거라고 생각했겠지만, 그들은 세상이 바뀐 걸 알아차리지 못할 만큼 특권의식에 사로잡혔던 것이다.

돈이나 권력이나 명예는 가졌을망정 인격을 갖추지 못한 탓에 망신당하는 사람들 중에는 관상 좋은 사람이 없는 것 같다. 젊은 시절에 공부 삼아 관상, 무속에 관한 공부를 한 적이 있다. 그걸 바탕으로 장편소설 『풍객』을 출간했고 문학상을 받았다. 전문가들처럼 체계적으로 공부한 게 아니라서 내 판단이 정확하다고 할 수는 없겠지만 아주 엉터리라는 소리는 듣지 않았다. 관상은 생김새뿐만 아니라 그 사람의 전반적인 분위기까지를 본다. 권력을 누리다가 걸려든 자들과 미투 운동의 가해자들, 갑질 횡포로 지탄받은 자들은 희한하게도 관상 좋은 사람이 거의 없다.

사람은 먹고 생각하고 행동한 대로 모습이 변하기 마련인데, 그 모습 중에 얼굴이 가장 빨리 변한다. 관상가가 아니더라도 첫인상만 보고 대뜸 그 인품과 성격을 알아차리는 경우가 흔하다. 민원을 담당해 본 사람은 관상 공부를 하지 않았어도 쉽게 사람을 알아차릴 때가 많다. 민원인이 문을 열고 들어서는 순간 '골치 아프게 생겼네', '사람이 푸근하네', '성격이 날카롭겠네'라고 느끼게 된다. 실제로 겪어보면 얼추 그 느낌대로인 걸 알 수 있다.

관상을 공부한 사람들과 모인 자리에서 나는 근래에 각종 사건 사고에 연루된 사람들이 관상이 좋지 않다고 했더니 이 구동성으로 그렇다고 했다. 화려한 스펙과 외모, 패션까지 인정받던 여성 고위공직자가 블랙리스트에 연루되어 구속된 뒤에 TV에 비친 모습은 관상 나쁜 여성일 뿐이었다. 짧은 순간에 영혼이 망가진 탓이었다.

병원에서 건강검진을 받고 의사의 한마디에 기함하는 사람들이 적잖다. 건강검진 결과를 확인하는 과정에서 의사가 조직 검사를 해보자고 하면 그 순간부터 불안, 근심으로 밤을 지새우게 되고 일주일쯤 지나면 관상까지 일그러진다. 관상이 좋아지는 건 쉽지 않지만 관상이 나빠지는 건 불과 일주일밖에 걸리지 않는다. 조직 검사 결과가 이상이 없는데도 심하게 몸살을 앓거나 한동안 병상에 눕는 사람도 있다.

권력을 함부로 쓴 자들과 미투의 가해자들, 갑질 횡포를 부린 자들의 관상이 나쁘다는 내 생각이 선입견이거나 주관적일 수 있기에 관상을 공부한 사람들에게 내 주장의 허점을 찾아달라고 했다. 표현의 차이는 있었지만 그들의 관상이 좋지 않다는 것에 모두 공감했다. 결국 사람이 살아가는 방식대로 관상이 만들어지는 것이 아닐까.

옛 무당들은 두 가지의 금기 사항이 있었다. 첫째는 비방굿을 하지 말고, 둘째는 도둑점을 치지 말라는 것이었다. 미워하는 사람이나 복수하고 싶은 사람의 형상을 허수아비로 만들어 쑥대나 복숭아대로 만든 화살을 쏘아 허수아비의 몸에 꽂히면 상대가 중병을 앓거나 목숨을 잃을 수 있기에 금기로 한 것이다. 한마을에 대대로 모여 살던 농경 정착민 시절에 점을 쳐서 도둑을 밝히면 그 사람은 마을을 떠나거나 평생 기를 펴지 못하거나 자칫 죽어버릴 수도 있기에 그 또한 금기로 했던 것이다. 그만큼 사람을 소중하게 여겼고 인격을 존중했다.

『도덕경』에 이르기를 '자신의 생을 너무 귀하게 여기면 오히려 생이 위태롭고, 자신의 생을 억누르면 오히려 더 아름다워질 수 있다'고 했다. 오만한 자들의 권력 행사나 여성의 인격을 희롱하는 일, 가진 자의 비열한 갑질 횡포 등은 자신만의 편리와 욕구에 눈이 멀어 남의 인생을 도적질한 것과 다름없다.

예로부터 허튼 마음으로 살면 관상이 나빠지고 실다운 마음으로 살면 관상이 좋아진다고 했다. 남들이 보는 내 관상은 어떨지 몹시 궁금하다.

실다운 마음으로 살면 관상이 좋아진다.

내 마음 고쳐야 할 때 딴청 부리지 말자.

모든 얼굴은 마음에서 나온다.

사랑으로 스며들다

　사랑 이야기를 쓰지 않은 작가는 없을 것 같다. 사랑은 인간의 주성분이고 생존 방식이기 때문이다. 어쩌면 인간의 영원한 숙제가 사랑인지 모른다. 그럼에도 나는 사랑 이야기보다 사회 비판, 시대의 담론, 서민의 애환, 역사인식에 대한 이야기에 집중했었다.

　전두환의 엄혹한 군사독재 시절에 나는 보안사의 실력자 앞에 끌려갔다. 1980년 12월 1일에 발간된 꽁트집 『도둑놈과 도둑님』을 국가원수 모독, 체제 비방 따위로 몰아붙이더니 결국 '군 모독'이라는 죄명을 붙여 전량 압수, 폐기하고 판매 금지시켰다. 그나마 내가 모진 꼴을 면한 것은 당시 동아출판공사 임인규 회장, 이화여대 정치외교학과 김행자 교수, 이종찬 국회의원의 도움 덕이었다.

수사가 종결되기 전에 《주간한국》의 청탁으로 매주 200자 원고지 40매씩 연재소설을 쓰게 되었는데 주인공 이름을 권총찬으로 지었다. 살벌하고 인정사정없는 계엄 검열단은 주인공 사용 불가판정을 내렸고 나는 고심 끝에 장총찬으로 이름을 바꾸었다. 장총찬이 검열을 통과하자 나는 쾌재를 불렀다. 권총보다 장총이 살상력이 강하고 멀리 저격할 수 있음을 검열관들이 간과했던 것이다. 검열관과 나는 오랫동안 치열하게 눈치싸움을 했다. 그들은 모든 글을 그들 입맛에 맞게 자르고 고쳤으며 나는 그 틈새를 교묘하게 파고들어 최대한 독재정권을 희롱하고 비판해야만 했다.

소설 제목이 '스물두 살의 자서전'이었으니 어찌 사랑 이야기가 빠질 수 있었겠는가. 위악적이고 성깔 있는 장총찬의 마음을 사로잡은 것은 '다혜'였다. 대학에서 간호학을 전공한 뒤 신문사의 경찰 출입 기자로 활약하는 다혜는 비리로 얼룩진 세상을 관찰하는 인물이었다. 장총찬과 정반대되는 캐릭터로 착하고 모범생다운 생각과 행동양식을 부여했다.

그 시절에 다혜란 이름은 흔하지 않았다. 이름 때문에 소설가 최인호 선배와 재미있는 언쟁을 하게 되었다. 인호 형의 딸 이름이 다혜였기 때문에 이름 사용에 대한 저작권을 주장했고, 나는 '다혜'를 괜찮은 여성으로 부각시켜 주었으니 딸 이름 빛내준 공적을 인정해 달라고 우기고는 했다. 인호 형이 하늘나라로 갔을 때 장례식장에서 다혜가 "아저씨 때문에 제가 유명해졌다"고 하며 결국 내 손을 들어주고 추억담을 나누었다.

법의 보호를 받지 못하는 빼앗긴 자들 편에 서서 주먹으로 해결하려는 아나키스트 장총찬과 대비되는 다혜는 섬세하고 따스하지만 부정부패와 비리에 대해선 장총찬과 공감대를 갖는 여성이다. 그 시절에 남녀평등은 남의 나라 얘기였고 많은 여성들의 장래희망은 '현모양처'였기에 다혜의 활동을 통해 여성상의 변모를 모색해 보았다.

다혜의 인기가 오르면서 독자들의 재미있는 항의를 받기도 했다. 장총찬과 다혜가 언제쯤에나 제대로 사랑을 하게 되느냐, 『인간시장』을 끝까지 읽어봐도 두 사람이 육체적인 관계를 갖지 않아 실망스럽다는 항의였다. 나는 끝내 두 연인 사이에 육신의 사랑을 그리지 않았다. 연재하는 5년 동안 제목이 '스물세 살의 자서전', '스물네 살의 자서전'으로 바뀌고 결국 '인간시장'으로 바뀌었다. 연재소설 제목이 네 번이나 바뀐 역사를 만들면서도 두 주인공의 사랑 이야기는 바뀌지 않았다. 악동 기질에 위악적이지만 정의로운 사내와 순결하고 바른 시각을 가진 다혜를 아가페적 사랑으로 정리하고 싶었다.

세월이 흘러 나는 우연과 필연이란 표현에 걸맞게 국회의원이 되었고 소설 쓰기를 거의 중단하다시피 했다. 정치를 접고 다시 글쟁이로 돌아오며, 8년여의 문학밭 가출에서 정중한 귀향을 결심하고 3년여를 두문불출하며 잃어버렸던 1300년 전의 발해 역사를 되살리는 일에 매달렸다. 200자 원고지 1만 2천 장을 만년필로 썼다. 이미 여러 매체에서 밝혔듯이 그 과정에서 여러 가지 병을 얻었고 살아생전에 지옥을 경험하듯 갖가지 고비를 넘겼다. 심지어 극단적인 생각을 한 적도 있을 만큼 고통스러운 시간이었다.

웅혼한 우리의 민족정기와 장엄한 조상들의 정신사에 매료되어 내가 한국인으로 태어난 것이 황홀한 기쁨이었기에 견딜 수 있었고, 결국 대하역사소설 『김홍신의 대발해』 10권을 출간할 수 있었다. 하지만 그 후유증은 심각했다. '소설에 대한 트라우마'에 시달려 7년여 동안 소설 쓰기를 멈추었다. 소설이란 단어만 떠올려도 질병에 시달렸던 시간들이 떠올라 또 다른 고통을 겪었다.

그러다가 문득 인간의 원초적 본능이자 영원한 숙제인 '사랑 이야기'라면 쓸 수 있을 것 같다는 생각을 했다. 소설 쓰기 트라우마에서 벗어나지 못하면 내 존재 가치가 사라질 것이라는 영혼의 아우성이 드디어 다시 만년필을 쥐게 했다.

에로스와 아가페를 진하게 섞고 비극적 사랑이되 사랑의 본질을 파고 들어가 장편소설 『단 한 번의 사랑』 시놉시스를 만들었다. 독립유공자의 후손인 여배우 강시울은 폐암 말기로 죽음을 앞두게 되자, 젊은 시절에 진실로 사랑했던 시인 홍시진에게 죽을 때까지만 곁에 있어달라고 간청한다. 홍시진은 그 사랑을 받아들이지만 그것은 비극의 서막이 된다. 강시울은 또 다른 독립운동가의 후손에게 겁탈당해 결혼했는데 그 독립유공자는 가짜였고, 그 사실을 밝히는 과정에서 홍시진은 살해된다. 다만 죽음 직전에 가짜 독립유공자의 죄상이 밝혀지는 걸 확인하고 숨을 거두게 된다.

「작가의 말」 마지막 문장은 "소설을 쓰는 동안 '사랑'이란 말이 나를 깨우는 자명종이었다. 아직도 난 한지에 먹물이 삭 스며들듯 사랑에 스며들고 싶다"로 쓰며 원고를 마감했다.

소설에 대한 공포를 겨우 벗어난 나는 2년 뒤에 다시 사랑 이야기로 장편소설『바람으로 그린 그림』을 펴냈다. 평범하지 않은 운명적인 남녀의 인연과 해독제가 없는 사랑 이야기를 써보고 싶었다. 책상 앞에 붓글씨로 '사랑과 용서로 짠 그물에는 바람도 걸린다'고 써 붙이고, 역시 사랑에는 에로스와 아가페가 그물망처럼 얽혀 사랑과 용서가 융합된다는 의미를 마음에 새기며 원고지를 메웠다.

『바람으로 그린 그림』 서문에서는 "뒤돌아보면 아카시아 잎을 떼면서 사랑을 점치던 어린 시절을 보냈고 철이 들어서는 사랑 때문에 천사가 되거나 악마가 된 적도 있을 것입니다"라며 100도로 끓어오르기보다는 36.5도로 오래 지속될 수 있는 사랑을 이야기했다. 그러면서 더 진하고 더 뜨겁고 애절한 사랑 이야기를 쓸 작정을 했다. 어디까지 쓸 수 있을까. '사랑'이라는 화두는 나에게도 영원한 숙제가 될 것 같다.

사랑이라는 말이

나를 깨우는 자명종이었다.

피하지 말고 통과하기

5장

"인생에서 이야깃거리가 없으면 100년을 살아도 10년밖에 못 산 것과 같고, 이야깃거리가 많으면 10년을 살아도 100년을 산 것과 같다"는 말을 되새겨본다. 인생에서 다시 시작할 수 있는 시기는 실패, 좌절에서 오는데 그것을 어떤 신호로 받아들이는가에 따라 인생에 꽃이 필 수도 있는 것이다. 인생에서 무엇이 내게 좋은 것이었는지는 지나고 봐야 알 수 있다.

부대낌의 미학

젊은 시절, 명절이 되어 스승 댁을 찾아가면 앉을 자리가 없을 만큼 북적여서 세배만 드리고 얼른 물러나곤 했다. 그런데 스승께서 대학 총장 자리에서 물러난 그해 설날은 정적이 감돌 만큼 썰렁했다. 지난 추석 때 북적이던 손님을 떠올리며 세상인심이 얼마나 야박한지를 실감했다. 우리는 스승을 위로한답시고 두어 시간 넘게 바둑을 두다가 나올 수밖에 없었다.

한번은 영향력이 컸던 정치가가 은퇴한 뒤 그의 집에 간 적이 있는데, 전성기에 문전성시를 이루었던 그 집이 한산해진 것을 보고 야박한 인심을 절감했다. 오죽하면 '정승 집 개가 죽으면 문전성시요, 정승이 죽으면 개 한 마리도 얼씬거리지 않는다'는 말이 회자되었겠는가.

인생이란 여기저기 부대끼고 허덕이고 견뎌내는 것이라는 생각을 하게 된다. 나만 그렇게 살고 있다고 생각하기 쉬운데, 다른 사람들도 거개가 비슷하다. 한국 땅에서 살려면 산지사방에 '잘 아는 사람'이 있어야 한다. 큰 병원이나 경찰, 검찰, 법원, 구청, 은행은 말할 것도 없으며 급할 때 돈 빌리기 쉬운 사람도 필요하다. 그래서 인맥을 다지기 위한 각종 동호회, 동문회, 향우회, 친목회가 성행하고 특수대학원이나 CEO 클럽 등이 번창하는지 모른다. 그런 생존 비법을 탓할 수만은 없는 것이 그렇게라도 살아가지 않으면 평생 '갑질'당하는 '을'의 서러움에서 벗어나지 못하기 때문이다. 가진 자들의 횡포에 대한 기사를 접하면서 '을'로 살아가는 사람이 유달리 많은 우리 사회를 눈여겨보지 않을 수가 없다.

2016년 기준으로 한국의 사회갈등 지수는 경제협력개발기구 29개국 중 일곱 번째로 높고, 사회갈등 관리지수는 27위로 최하위 수준이다. 각종 사회갈등으로 빚어진 경제비용이 연간 82조 원에서 246조 원에 이른다는 연구 결과도 있다. 결국

'헬조선'이라는 비극적 단어가 생겨나기까지 했다.

그럼에도 불구하고 한국인의 평균 수명은 나날이 높아지고 있다. 물론 경제 발전에 따른 주거 안정과 환경 개선, 의학과 과학의 발달에 따른 편리한 생활, 풍부한 먹거리로 인해 좋아진 영양 상태 때문이다. 그러나 그런 이유만으로 늘어난 평균 수명을 명쾌하게 설명하기에는 뭔가 부족한 듯하다. 한국인들이 부대낌 속에서도 여유 있는 마음으로 자기의 조건을 즐기기 때문에 평균 수명이 늘고 이만큼이나마 살아가는 것이 아닐까.

미국 애리조나 주에 있는 초호화 실버타운에서 편안하게 노후를 보내는 여유 있는 노인들이 치매를 비롯한 각종 질병에 시달리는 경우가 많다고 한다. 쾌적한 환경과 넉넉한 경제력과 도우미의 친절한 도움을 받으며 사는데 오히려 여러 질병에 시달린다는 것이다. 그래서 연구자들은 인간은 적당히 스트레스를 받으면서 마음과 몸을 부대끼며 살 때 인체에 저항력도 생기고 그 과정에서 행복감도 높아진다고 말한다.

매년 여름이면 의료봉사를 나가는데 그때마다 느끼는 것은 말 많고 잘 웃고 장난기가 있는 노인들이 건강하다는 것이다. 농촌 생활이 노인들에게 얼마나 힘겨운지는 경험해 보지 않아도 짐작할 수 있다. 그런 중노동에 시달리며 사는데도 부대낌을 잘 받아들인 노인들은 의외로 건강 상태가 좋았다. 문진하는 의사 옆에서 카드 작성을 도우며 "편찮으신 데 있나요?"라고 물으면 이렇게 말한다. "아플 시간이 어디 있어. 일하고 밥 먹고 곯아떨어져 자고 영감하고 싸우느라 아플 짬이 없어." "저놈의 영감 때문에 속 터지는 것 말고는 아플 일이 있나. 영감 소갈머리 고칠 약이나 좀 만들어줘." "어차피 한 번은 죽을 텐데 속 끓이면 나만 손해지. 병들면 저승사자만 좋은 거여." 이런 반응을 보이는 노인들에게서 나는 건강해지는 법을 오히려 배워오곤 했다.

반은 농담이겠지만 아내와 사별하고 홀로 된 내게 "당신은 편하겠다. 간섭하는 사람도 없고 자유로워서"라고 하면, 나는 얼른 "사별하고 혼자 사는 남자는 수명이 짧고 병에 잘 걸린다"는 전문가의 연구 결과를 말해 준다.

먼 길 가느라 부대끼며 자동차와 비행기를 만들었고, 더위에 부대껴 선풍기와 에어컨을 만들었고, 사람에게 부대끼며 사랑과 용서를 만들지 않았던가. 그렇다. 부대끼며 그 속에서 삶의 가치를 찾는 게 인간답다는 걸 인정하자.

적당히 스트레스를 받으며,

마음과 몸을 부대끼며,

그 속에서 삶의 가치를 찾는 게 인간답다.

즐거운 노동은 근사한 추억

잘 웃고 잘 챙겨주며 인연 갈무리를 잘하는 한 지인은 눈썹달 같은 관상을 가졌다. 사람들은 그를 만나면 체중이 불어날 수밖에 없다고 한다. 입에 쩍 달라붙는 음식 대접으로 체중 조절을 포기하게 만들기 때문이다. 그런 푼푼한 인심 덕에 그의 주변에는 참 많은 사람들이 인연의 꽃을 피우고 있다.

인연의 꽃은 햇살 같은 것인지도 모른다. 사람은 물론 세상에 존재하는 동물과 식물은 태양의 영향을 받아 생존한다. 사람이 행복하고 불행하며 기쁘고 고통스러운 것의 근본 원인은 인연 때문이라는 걸 부정할 수가 없다. 인생에서 그토록 소중한 인연도 자기가 지향하는 쪽으로 만들어진다는 걸 느끼곤 한다.

그런 인연 덕에 부산으로 봄 마중을 갔다. 양껏 포식한 뒤에 여럿이 어울려 바다로 나갔다. 꽃망울이 막 올라오는 봄날에 바닷바람은 머리칼을 죄다 흩트려놓았다. 백사장의 갈매기 떼는 먹이가 있는 바다를 등진 채 구경꾼들 쪽으로 모여들었다. 지나가던 사람이 손만 치켜들어도 삽시간에 수백 마리가 벌떼처럼 달려들었다. 사람들이 던져주는 과자를 낚아채려는 몸짓이었다. 사람들은 과자를 던지는 시늉으로 갈매기들을 부르고, 모여드는 광경을 찍었다. 그러나 갈매기들은 사람들 손에 과자가 없으면 금세 본 체도 안 하고 날아가버렸다. 나도 과자를 던지며 사진을 찍었다. 확인해 보니 제법 분위기 있게 사진이 찍혔다.

그러나 사진을 보면서, 할 짓이 아니라는 생각을 했다. 갈매기답지 않게 사람이 먹는 달콤한 과자를 먹는 것은 갈매기의 본능을 퇴화시키는 행위 같았다. 갈매기들의 생존 현장과 놀이터는 바다여야지 사람이 던져주는 과자가 대신해서는 안 된다는 생각이 들었다.

해외여행을 하다 보면 바닷가의 갈매기가 자기 영역을 확보한 채 관광객이 던져주는 것을 잽싸게 채어가는 걸 흔히 볼 수 있는데, 이런 갈매기들은 바닷속으로 뛰어들어 본능대로 먹이를 잡아먹지 않는 탓에 쉽게 병들거나 수명이 짧아진다고 한다.

바다에서 물질하는 나이 많은 해녀가 "저승에서 벌어 이승에서 쓴다"고 한 말을 들은 적이 있다. 바닷속으로 뛰어들어 악조건에서 해산물을 수확하여 생계를 유지하는 힘겨운 모습이 눈에 선했고, 포기하지 않는 그들의 삶에 가슴이 뜨거워졌다. 사람도 '밥벌이' 때문에 힘겹게 살아가고 있다. 그러나 사람은 짐승과 달리 '밥벌이' 이외의 가치 있는 것들을 추구하기에 만물의 영장이 될 수 있었다.

해녀의 한마디에 내가 얼마나 행복한가를 잊고 살았다는 걸 깨달았다. 책 읽고 글을 쓰고 많은 사람과 어울리며 기도할 수 있고 병상에 누워 있지 않으며 하고 싶은 걸 다 하지 못하더라도 부족한 대로 토렴을 하듯 내 마음을 따뜻하게 다독일 수 있으면 됐지, 어찌 만족하지 못했는지를 반성하게 되었다.

유대인 의사 빅터 프랭클은 그 무시무시한 아우슈비츠 수용소에서 겨우 살아남은 뒤 "가치 있는 목표를 가진 사람이 살아남을 확률이 높다"는 것을 발견했다. 가치 있는 일을 하는 것은 결코 쉽지 않지만 멀리 있는 게 아니다. 가치 있는 일에 몰입해 얻는 '노동의 보람'은 세월이 지나도 근사한 추억이 되는 것이다. 해변에서 구경꾼을 기다리는 갈매기들은 목표가 오직 먹이지만, 노동의 즐거움을 맛보며 인생의 지향점을 가진 사람은 보람을 얻기 마련이다.

젊은 시절에 한센병 환자를 돌보는 일을 2년간 했던 경험으로 내 최초의 장편소설 『해방영장』을 쓸 때 나는 거의 일 년 동안 지독한 피부병에 시달렸다. 바르고 먹는 약만 가지고는 치료가 안 돼서 온천에도 다니고 민간요법에도 매달렸지만 허사였다. 한센병에 걸린 게 아닌가 하고 걱정했는데 소설을 끝낸 순간부터 언제 그랬느냐는 듯이 좋아지기 시작하더니 한 달도 안 돼 말끔하게 나아버렸다. 몰입으로 얻은 고통의 대가로 내 최초의 장편소설이 탄생했기에 나는 제자들에게도 반드시 육신의 노동과 영혼의 즐거움을 함께 찾으라고 강조한다.

가치 있는 일에 몰입해 얻는

'노동의 보람'은

세월이 지나도 근사한 추억이 된다.

지팡이는 길지도 짧지도 않다

유난히 병원에 가기 싫어하는 내가 감기로 어쩔 수 없이 병원 출입을 하고 약봉지에 매달리게 되었다. 지인이 이번 감기가 왜 지독하냐고 묻기에 "시국을 닮아가는 것 같다"고 했더니 그럴듯한 진단이라며 웃었다. 설마 감기가 세상을 닮아가련만, 그렇게라도 핑곗거리를 만들어 늘 내가 피해자인 듯 세상을 탓하며 살아가는 것 같아 씁쓸했다. 하긴 혼자 힘으로 해결할 수 없는 것에 부닥치면 남 탓을 하거나 세상 탓을 해서 스스로 위안을 받는 게 인간의 모습일지도 모른다.

어느 민화작가는 그림을 그리다가 실수로 먹물이 튀면 계획에 없던 벌이나 개미 같은 벌레들이 생겨나고 나비나 매미가 생겨나기도 한다고 했다. 고양이가 발에 물감을 묻힌 채 그림을 밟고 지나가는 바람에 그 발자국마다 계획에 없었던 나비나 새를 그렸다고 했다. 물론 처음에는 놀라 소리를 지르며 그림을 버리기도 했겠지만 상황을 탓하지 않고 응용했기 때문에 더 좋은 작품을 만들 수 있었을 것이다.

우리 민족사에서 가장 귀한 보물로 알려진 팔만대장경 5,200만 자를 딱 한 글자로 응축하면 마음 '심(心)'이라고 한다. 사람마다 마음밭이 있는데, 그 밭에 향기 나는 꽃을 키우다가도 때로는 가시덤불을 키우고 꽃과 가시덤불을 섞어 키우기도 한다. 남의 탓을 하고 핑곗거리를 애써 찾는 것은 가시덤불을 키우는 것이고, 내 탓이고 모든 것은 나로부터 시작되었다고 생각하는 것은 마음밭에 꽃을 피우는 것이리라.

주사를 맞고 약을 먹어도 독해빠진 감기가 낫질 않아 누워 있다가 친구가 보내준 문자를 보고 웃었다. '어느 고승께서 지팡이 한 개를 방바닥에 놓고 손대지 말고 짧게 만들어보라고 화두를 던졌다. 하루 종일 누구도 엄두를 내지 못했는데 어린 동자가 지팡이 옆에 긴 막대기를 놓자 고승께서 길고 짧은 것은 상대적이라는 가르침을 주셨다'는 내용이었다. 내 마음을 툭

건드린 그 문자를 읽고 옛 생각을 했다.

대학 4학년 여름에 문학반 후배들과 등산을 했는데, 저녁 무렵 급히 하산하다가 나무뿌리에 발이 끼이 앞으로 넘어지는 바람에 무릎 연골을 크게 다쳤다. 여럿이서 나를 번갈아 업고 내려왔지만 의사는 수술을 할 수 없는 상태라며 앞으로 한쪽 무릎을 쓰지 못할 수도 있다고 했다. 기말고사를 앞둔 때였고 학군단 예비장교로 여름방학 기간에 4주간 드센 병영 훈련을 받아야 하기에 걱정이 태산이었다.

어머니는 시골에 용한 의사가 있다며 급히 귀향하라고 했다. 시골집에 내려갔지만 별 차도가 없어 평생 장애를 갖고 살게 될 것 같아 잠을 이룰 수 없었다. 나는 산을 원망하고 굼뜬 후배들을 미워하며 길 안내를 한 녀석을 책망했지 급한 내 성미에 지름길을 고집한 것 따위는 염두에 두지 않았다. 연신 뜨거운 물수건으로 내 무릎을 찜질하던 어머니는 내 등짝을 가볍게 때리며 말했다.

"죽어도 글쟁이가 되겠다고 했으니 싸돌아다니지 않고 책상머리에 앉아 글만 쓸 작정이면 다리가 그런들 무슨 걱정이냐. 엄살 부리면 평생 절뚝거리며 살지만, 젊은 삭신이니까 자꾸 부려먹으면 제까짓 게 안 낫고 배기겠냐. 네 작은아버지를 봐

180

라. 그 높은 데서 떨어져 겨우 살아나서 두 다리가 부러졌지만 송곳으로 쑤신 듯 아픈 걸 참아가며 악착같이 걸어 다니더니 저렇게 두 발로 다니잖느냐. 죽기 살기로 덤비면 살고 그렇잖으면 평생 기죽는다."

요즘 같으면 무식하고 매정한 어머니라고 할 수 있겠지만 지금처럼 의술이 발달하지 못했던 시절 어머니의 닦달은 내게 오기를 심어주었다. 그때부터 나는 모진 통증을 견디며 걷고 또 걸었다. 건널목 신호등이 꺼지기 전에 건너려고 서두르다 쓰러지기도 했고 계단을 내려갈 때 헛디뎌 구르기도 했으며 다리를 절며 걷다가 헛딛고 넘어지기도 했다. 병영훈련을 받으며 몇 번이나 쓰러져 꼴찌로 수료하기도 했다.

세월이 흘러 나는 산을 잘 타고 잘 걷는 사람이 되었다. 책상 앞에 앉아 글 쓰는 게 직업이기에 움직이거나 걷는 일이 적을 수밖에 없는데, 그 당시 다리를 다치는 바람에 지금 이만큼이나마 건강하게 살아간다고 생각한다. 세상사 마음먹기에 달렸다는 옛말이 지금껏 가슴에 남는다.

사람은 저마다 마음밭에

향기 나는 꽃을 키우다가도 때로는 가시덤불을 키우고

꽃과 가시덤불을 섞어 키우기도 한다.

글 쓰는 자의 숙명

    퇴직한 뒤에 글을 쓰겠다는 사람들이 주변에 의외로 많은 것 같다. 더러는 내게 소설가로 성공했으니 부러울 게 없을 거라고 말하는 사람도 있다. 내가 반 농담으로 "글로벌하게 사는 게 지겹습니다. 전생에 지은 죄가 많은 모양입니다"라고 하면 의아해한다. 내가 '글로벌하게'라고 한 말을 세계적이거나 전반적인 것을 뜻하는 글로벌(global)로 알아듣기 마련이다. 그쯤에서 나는 글로벌이 '글로 벌을 받는 게 글쟁이'라고 말해 주어 한바탕 웃음판을 만든다.

   세상사가 소설보다 백배나 재미있으니 책이 더 팔리지 않는 것 같고 글쓰기는 어려우며 밥벌이도 되지 않으니 전업 작가로 살 수 없어 글쓰기를 부업으로 삼는 수밖에 없는 현실이다.

한때 세상을 시끄럽게 했던 '블랙리스트'는 문화예술인들의 목을 조른 잔혹사이고 가해자들에 대한 심판은 분명 현대사의 치욕으로 기록될 게 뻔하다. 인류 역사상 배고픈 이의 밥을 빼앗고 아픈 이의 약을 빼앗고 배우려는 이의 학비를 빼앗는 것은 가장 비열한 범죄에 속한다. 블랙리스트를 작성한 피의자 중 한 명은 간교하게도 이것을 '비정상의 정상화'라고 말해서 시대의 비극을 확인해 주었다.

내가 블랙리스트에 오른 사연을 추적했더니, 2015년에 발표한 장편소설 『단 한 번의 사랑』 때문이라 했는데, 아무리 뜯어보아도 시빗거리가 될 만한 것이 없었다. 소설 내용 중에 친일파들이 독립유공자 심사를 했다는 것과 그들의 실명을 밝힌 것, 친일파 후손들은 떵떵거리며 살고 독립유공자 후손들은 어렵게 사는 걸 비판한 것밖에 걸려들 게 없었다. 그러니까 내가 '글을 쓰는 게 벌 받는 짓'이라고 말할 수밖에 없다.

어느 날 신문의 부고 기사를 보고 잊을 수 없는 인물의 죽음을 알게 되었다. 한동안 미워하고 싫어했던 인물이었다. 서

슬 퍼런 군사독재 시절에 나를 잡아가 국가원수 모독, 체제 비방, 군 모독으로 드세게 문초했던 사람이니 어찌 잊을 수 있었으랴. 계엄 때 군 모독이면 중형을 받을 수밖에 없었는데, 그것도 역시 만년필로 꾹꾹 눌러 쓴 『도둑놈과 도둑님』 때문이었다.

그럼에도 세월이 약이요, 미운 사람 털어버리는 게 마음 다스림이요, 용서하는 게 영혼의 사탕을 먹는 것과 같다는 스승의 가르침에 따라 나는 이미 그의 사과를 받고 용서했다고 말했다. 그 약속을 지키는 게 사람의 도리라 생각하여 그를 위해 좋은 곳에 가시라는 기도와 백팔배를 했다. 용서는 과거에서 해방되는 참 자유가 아닌가. 용서하지 못하면 상대에게 질질 끌려다니는 것이 아닌가. 의학계에서도 용서하지 않으면 면역체계에 다양한 방식으로 악영향을 준다는 연구 결과를 발표하지 않았는가.

사람들이 신문 연재소설에 열광하던 1970~1980년대의 유명 작가들은 요즘의 스타 연예인만큼이나 인기가 좋았고 사회적으로 대우를 받았다. 그러나 수십 년이 지나고 대한민국의 위상이 이만큼 높아졌는데도 어느 출판사 대표의 말대로 '출판사는 돈으로 종이를 만드는 곳'으로 추락해 버릴 만큼 문화계가 곤궁해졌다. 수렁에 빠진 문화예술계를 분탕질한 사람들은 권력을 마음껏 누렸겠지만 무수한 문화예술인들은 허기에 지쳐버렸다.

옛말에 하늘이 친 그물은 크고 성긴 듯해도 잡아야 하는 자는 결코 놓치지 않고 다 잡는다고 했다. 『인간시장』은 나를 벼락출세시킨 장편소설이지만, 그로 인해 자식들을 납치하겠다는 위협을 비롯해 필설로 다 할 수 없는 협박과 공갈을 견뎌온 건 지금 생각해도 글 때문에 모질고 잔혹한 벌을 받은 혹독한 세월이었다. 인간에게 걱정과 두려움과 고통은 생존을 도와주는 자극제인지도 모른다. '글로 벌'을 받으며 살아왔기에 이 나이에도 쉼 없이 글을 쓸 수 있는 힘이 사그라지지 않는 것 같다. 만약 글 쓰는 게 쉬웠고 아무도 나를 건들지 않았다면 나는 글에게 잡아먹혔을지 모른다는 생각을 한 적도 있다.

정당한 분노는 나와 타인을 보호하는 안전장치이기에 작가는 늘 깨어 있는 반골이 될 수밖에 없고 권력은 그 깨어 있음을 미워하게 되는 것이 세상의 이치인지 모른다. 아우슈비츠 생존자인 심리학자 에디트는 "애지중지하며 응석받이로 키운 아이들이 수용소에서 가장 먼저 죽었다"라고 했다. 응석받이는 자신을 구하는 법을 배우지 못했다는 것이다.

권력에 저항하는 예술인들의 정신이 곧 그들을 빛나게 한
다는 걸 기억했으면 한다.

인간에게 걱정과 두려움과 고통은

생존을 도와주는 자극제인지도 모른다.

내 인생의 신호등

법원에서 강연할 일이 있었는데, 강연하기 전에 법원장과 고위 간부들의 환대를 받으며 차를 마셨다. 담소 중에 법원장이 평생 판결문을 썼지만 일상에서는 편지 한 장 쓰기도 어렵다며 내게 언제 글이 잘 써지느냐고 물었다. "낮보다는 밤에 잘 써지는 편이고 청탁을 받았을 때와 편한 주제로 쓸 때"라고 대답했다. 그리고 한마디 더했다. "사실 가장 잘 써질 때는 마감 전날 밤입니다."

법원장이 환한 얼굴로 웃었다. "판사들도 재판이 임박해서야 판결문이 잘 써집니다."

젊은 시절에는 겁 없이, 눈치 보지 않고 글을 썼지만, 나이 들면서 자기 검열이 심해져서 수필 한 편 쓸 때도 온갖 '생각의 전쟁'을 치르기 마련이다. 초임 판사에서 법원장이 될 때까지 엄청난 양의 판결문을 썼을 텐데도 재판이 임박해서야 판결문이 잘 써진다는 그의 말에 나는 큰 위로를 받은 듯했다. 하긴 신문기자나 드라마 작가, 방송작가들의 이야기를 들어보면 별의별 궁리를 다 해도 안 써지다가 마감이 닥치면 언제 그랬냐는 듯 써진다고 했다.

글 감옥에 빠져 산 지 40년이 되었지만, 평생 원고 약속만은 가장 잘 지킨 작가로 평가받았다. 예전에는 원고를 이메일로 보내는 게 아니라 원고지에 펜으로, 그것도 가로쓰기가 아니라 세로로 써서 직접 신문사나 잡지사로 전달해야만 했다. 그래서 더러 원고 분실 사건이 생기거나 마감 시간을 놓쳐 전화로 원고를 읽어주기도 했다.

나는 원고에 대해 조급증이 있어 신문 연재소설은 적어도 보름치 정도는 미리 써서 전달해야 했고 잡지 연재소설도 일주일 정도 미리 전달하고는 했다. 해외 취재로 20일 정도 출국할 때는 한 달 반이나 두 달 치 정도의 원고를 써주고 가야 직성이 풀렸다. 어느 신문사의 문화부장은 기자 생활 20여 년 동안 나 같은 작가는 처음이라고 했다. 어느 기자는 작가의 원고 전달 시간이 늦어져야 기자가 자꾸 전화통화를 하게 되어 친해지는데 나는 연재하는 1년 동안 통화할 일도 없고 만날 일도 없어서 친밀도가 떨어진다는 농담을 하기도 했다.

연재소설 원고를 쓸 때마다 청탁한 기자가 원망스럽지만, 연재를 마치고 그것이 단행본으로 출간이 되고 나면 그 기자가 가장 고마운 사람이 되곤 했다. 그의 청탁과 재촉이 아니었으면 내 인생 연보에서 한 권의 책이 사라졌을 것이다. 그가 바로 내 인생의 신호등이 아니고 무엇이랴.

그런저런 생각을 해보면 내 인생의 신호등은 무수히 많다. 살다 보면 길거리의 신호등을 무시한 적도 있지만 인생 신호등을 무시한 횟수는 아무리 적게 잡아도 천 번은 넘을 것 같다. 옛 어른들은 '인생에서 무엇이 좋은지는 지나고 봐야 안다'고 했다.

고등학교 2학년 때 가톨릭신학대학에 가려고 준비했다. 만약 그 당시 신학대학에 입학해서 온전하게 성직자가 되었을까 생각하면 아찔하다. 그 순결한 정진을 견디지 못하고 중도에 탈락했을 것이다. 내 자유분방한 기질상 엄중한 인고의 과정을 견디지 못했을 게 뻔하다. 신학대학을 포기하고 부모님의 간절한 요청으로 의과대학에 도전했지만 여지없이 낙방했다. 재수하며 단편소설을 일곱 편이나 쓸 정도로 한눈을 팔았으니 낙방은 당연지사였다. 그제야 고등학교 국어 선생님의 "네 인생의 동무는 문학이다"라는 말에 승복하여 국문과를 선택했다. 글밭이 진창이고 글 쓰는 게 고달프고 글쟁이 팔자가 기구하다지만 나는 다시 태어나도 반드시 글쟁이가 되겠다고 할 만큼 천복을 받았다고 생각한다. 물론 자식에게는 물려주고 싶지 않을 만큼 매우 고독한 직업이란 걸 부정할 수 없다.

포기와 실패를 거듭하며 내 길을 찾았다. 가세가 기울어 앉은뱅이 밥상을 펴놓고 글을 쓰다 허리 병을 얻어 베개를 가슴에 괴고 엎드려 글을 썼고, 5년여에 걸쳐 신문, 잡지의 소설 공모전에 번번이 낙선한 고통스러운 경험이 나를 성장시켰다.

"인생에서 이야깃거리가 없으면 100년을 살아도 10년밖에 못 산 것과 같고, 이야깃거리가 많으면 10년을 살아도 100년을 산 것과 같다"는 말을 되새겨본다. 인생에서 다시 시작할 수 있는 시기는 실패, 좌절에서 오는데 그것을 어떤 신호로 받아들이는가에 따라 인생에 꽃이 필 수도 있는 것이다. 인생에서 무엇이 내게 좋은 것이었는지는 지나고 봐야 알 수 있다.

돌아보면 내 인생의 신호등은 무수히 많았다.

길거리의 신호등을 무시한 적도 있지만

인생 신호등을 무시한 적도 참 많은 것 같다.

지금 이 순간의 신호는 무엇일까.

"살아서 보자"

　한잔 술을 마시고 헤어질 때 친구가 웃으며 "살아서 보자!"고 했다. 무려 111년 만의 혹서에 날마다 최고 기온을 경신했고, 휴대폰으로 매일 폭염 경보가 날아왔던 때였다. 평생 에어컨 없이 더위를 견뎌냈는데 그해 여름의 열기는 나를 지치게 했다. 에어컨 냉기뿐 아니라 선풍기 바람도 싫어서 해마다 여름이면 선풍기를 벽을 향해 돌려놓고 책을 읽거나 글을 쓰곤 했다. 오래전에 구상했던 장편소설을 오는 겨울쯤에 출간할 작정으로 책상 앞에 앉아 원고지를 만년필로 메우며 더위와 한판 겨루던 참이었다.

에어컨 냉기를 많이 받으면 감기에 걸리거나 냉방병으로 고생하는 체질이어서 더위를 이길 방법이 없으면 차라리 즐기자는 뱃심으로 버텼는데, 올여름에는 두 손을 번쩍 들고 말았다. 본디 피서(避暑)는 더위를 피하여 시원한 곳으로 옮기는 것이고 소서(消暑)는 더위를 가시게 하는 방법인데, 나는 해마다 스스로에게 더위를 즐기는 낙서(樂暑)를 강요했다.

우리 어릴 땐 겨울 한파와 여름 폭염을 견뎌내기가 더욱 어려웠다. 아이들도 여름놀이가 별로 없던 시절이라 땡볕에서 깡통 차기 아니면 미역 감느라 햇볕에 온몸이 그을렸다. 입성도 시원찮고 먹거리도 태부족이요 더위를 쫓을 것이라곤 부채 아니면 등목이나 복달임뿐이어서 아이들은 거개가 복더위에 온열 질환을 앓기 마련이었다. 온몸이 불덩이가 되고 토하거나 기신 못하고 누워서 혼절한 것처럼 넋이 빠진 걸 흔히 삼복귀신이 붙었다고 했다.

어머니는 그럴 때마다 익모초를 돌확에 갈아 그 즙을 강제로 마시게 했다. 얼마나 쓰고 독했으면 임신한 여성이 많이 복용하면 유산이 된다고 했겠는가. 마시면 귀신이 달아난다고까지 할 만큼 지독하게 썼다. 어머니는 안 마시려고 버티는 자식을 달래고 어르느라 익모초즙에 조청을 넣기도 하고 회초리를 들기도 했다. 하루에 서너 번쯤 우격다짐으로 쓰디쓴 익모초즙을 마시고 나면 신기하게 어른들 말씀대로 복귀신이 달아나고 생기가 돌아 자리에서 일어나 밥을 먹게 되었다. 그래서 지금껏 내 또래들은 '쓴 약이 보약'이라고 믿게 된 것 같다.

또 삼복더위에 '복달임'이라는 게 있었다. 무더위에 허해진 기운을 보하기 위해 고기로 국을 끓여 먹거나 이열치열(以熱治熱)이라 하여 백사장에서 모래찜질을 하기도 했다. 친구가 "살아서 보자!"고 한 까닭을 생각해 보았다. 이 더위에 선풍기 바람으로 목숨을 부지하듯 소설을 쓰고 있는 내 처지를 격려하는 마음이었거나 복달임이라도 하며 쉰 다음에 글을 쓰라는 성원이었을 것이다. 세상이 비록 험하고 어지럽더라도 마음을 추스르자는 뜻도 있을 것이고 그럴수록 몸과 마음을 돌보라는 충심도 스며 있을 것이다.

올여름에는 폭염이 기승을 부릴 거라는 일기예보를 '매년 하는 소리려니' 했다가 만년필을 잡은 손에 원고지가 달라붙기 시작하자 자신의 미련스러움을 깨닫고 서둘러 벽걸이 에어컨을 주문했다. 맙소사, 주문이 폭주하고 생산 작업이 밀려서 얼추 보름이 지나야 설치해 준다고 했다. 여태 에어컨 없이 잘 견디던 딸아이가 밤잠을 설쳤다며 "더워 죽겠어요. 가출하고 싶어요"라고 했다. 장난 섞인 투정이지만 딸아이에게 "살아서 보자"고 할 수는 없었다.

여름마다 이웃집에 미안할 만큼 마당의 소나무에서 되알지 게 울어대던 매미가 잠잠하고 극성스럽던 모기들도 볼 수 없 으니, 그런 것으로나마 위안 삼을 만큼 이번 여름은 심란하기 만 하다.

고난은 사람을 강하게 키우고 인생의 순풍은 바보를 만든 다. 그래서 힘겨울 때나 고난이 닥칠 때마다 "생물은 진화에 적응하지 못하면 멸종한다"는 주장을 펼치며 나의 존재 가치 를 인정하려고 애썼다.

얼굴이 알려진 탓에 사람 많은 피서지가 불편하고 부담스러 워 여행을 즐기지 못했다. 그러나 마음 편한 평생 친구를 만난 덕에 해마다 피서 대신 하계 의료봉사를 다녀오면 뭔가 나의 존재 가치가 생기고 세상에 조금이라도 보탬이 되었다는 성취 감을 맛보곤 했다. 내 능력으로는 기후 변화를 막을 방법이 없 지만 사회에 작은 보탬이 되도록 무엇이든 아끼고 참고 견디 고 불편을 감수하자는 다짐을 한다.

심리학자 에릭 클링거는 "인간의 뇌는 목적 없는 삶을 못 견 딘다"라고 했다. 억지가 논 서 마지기보다 낫다고 했으니 더위를 억지로 즐기며 소설을 쓰려고 한다. 그러면 겨울, 모진 추위에 내 소설책 한 권이 세상에 나와 "살아서 보자!"는 친구의 말에 화답이 되리라.

힘겨울 때마다 나의 존재 가치를 생각한다.

견디고 즐기다 보면 단단한 성취감이 찾아온다.

고난은 사람을 강하게 키운다.

신들의 고향 1

큰 고통과 죽을 고비를 무사히 넘기면 인생에 대한 통찰력이 생긴다고들 한다. 더 나이 들기 전에 체력과 정신력의 한계를 확인해 보고 싶었다. 인생 동무들 덕에 '신들의 고향'이라는 히말라야 12봉을 두 눈으로 보게 된 것이다.

내 체력으론 가당찮은 일이라고 말리는 사람과 죽기 전에 극한 상황을 한 번쯤 극복해 보자는 사람의 권유가 내 마음을 변덕스럽게 만들었다. 살날이 얼마쯤 남았을까 꼽아보니 살 만큼 살았다 싶었다. 이쯤에서 버킷리스트 하나를 지워버리고도 싶었다. 글쓰기나 강연을 할 때 "저지르는 사람 몫은 있어도 기다리는 사람 몫은 없다"고 강조하면서도 나 자신은 참 많이도 망설였던 것 같다. 이참에 저지르자고 작심했다.

네팔 카트만두 국제공항에 도착하자 나보다 먼저 와 기다리고 있던 동무들이 '신들의 만찬'을 마련해 주었다. 안나푸르나 트레킹 코스 초강행군을 이겨낼 수 있게 뱃살을 찌워두라는 배려였다.

이미 세 번이나 트레킹을 경험한 사람을 산악대장으로 삼아 이튿날 새벽 포카라행 비행기에 몸을 실었다. 쌍발 엔진 비행기의 프로펠러 소리가 귓전을 드세게 때렸지만 창밖으로 보이는 히말라야 만년설에 가슴이 쿵쾅거렸다.

포카라 시내에서 침낭과 스틱을 빌리고 아담한 호텔에 가방을 맡겼다. 16인승 미니버스에 짐을 싣고 트레킹 출발 지점인 나야풀로 향했다. 산사태로 도로가 붕괴되어 샛길로 달렸다. 도로는 거의 비포장이어서 우리는 마치 럭비공처럼 좌석에서 이리저리 튕기곤 했다. 어둡기 전에 안나푸르나 남봉 아래쪽의 미라 게스트하우스(Meera Guest House)에 도착해야 했기에 마음이 조급했다.

겨우 도착해 점심 식사도 거른 채 짐을 포터에게 맡기고 우리는 갈아입을 옷과 비상식량과 스틱을 챙겨 들고 잰걸음질을 했다.

평평한 길이 끝나고 입산 신고소를 통과하자마자 히말라야가 돌의 고향이라는 걸 알게 되었다. 히말라야의 신들은 돌을 먹고 마시고 돌을 덮고 돌로 태어나 돌로 영생한다 싶게 수없이 많은 돌계단이 하늘에 오르는 사다리처럼 버티고 있었다. 긱잡이 말르는 돌계단만 3천5백 개라고 했다. 누가 세었는지 모르지만 거짓이기를 바랐다.

거짓이기는 했다. 우리를 안심시키려고 적어도 1천5백 개쯤 줄여서 말했다는 걸 숙소인 로지에 도착해서야 알았다. 지옥에 계단이 있다면, 죄 많은 자를 징벌하기 위해 이런 돌계단을 만들어 종아리, 무릎, 허벅지를 무딘 칼로 저미듯 고통스럽게 할 것 같았다.

불과 5백 계단도 지나지 않아 오래전에 다쳤던 왼쪽 무릎이 내게 지옥 체험을 시켜주었다. 히말라야 12봉을 살아생전에 가보지 않으면 육체의 고통에 대해 쓸 말이 부족할 거라고 부추기고 꼬드긴 동무들이 원망스럽고 울화가 치밀어 욕이 목울대까지 올라왔다. 통증과 고통을 달리 표현할 말이 떠오르지 않았다. 절경을 구경할 수도 없었다. 눈을 내리깔고 돌계단만 보고 걸어야 하는 '생존 우선법칙'을 고수해야만 했다. 한순간 전신의 힘이 빠지면서 어지럽기 시작했다. 한 발짝도 내디 딜 수 없었다. 순간 등산하던 사람들이 쓰러져 황천객이 되었 다는 뉴스가 스쳐 지나갔다. 온갖 상념들이 나를 포위하고 겁 을 주었다. 정신을 가다듬고 일행을 뒤쫓는데 부풀었던 손가 락이 터져 쓰라렸다. 스틱을 너무 힘주어 잡은 탓이었다.

오르고 또 오르면 반드시 내려가게 될 것이다. 내가 살아온 길도 오르고 내리기를 반복했고 아프고 낫기를 반복하지 않 았는가. 아니 인류가 지나온 길이 그렇고 인류가 갈 길도 그렇 지 않겠는가.

가자! 인간은 결국 죽으러 가는 것이기에 살아 있을 때 잘 놀아야 한다. 내 스스로 트레킹을 시작해 놓고 괴로우니 원망 심이 쌓이는 걸 보면 대인배는 아닌 것 같아 참회 기도를 했 다. 돌계단에 내 인생을 건 듯이 걸었다. 무념무상, 한순간 모 든 잡념이 사라졌다. 오직 통증만이 나를 지배했고 통증만이 내 주인이었다.

그렇게 다섯 시간, 숙소에 도착했다. 평소 체력관리를 해서 그 가파른 돌계단을 쉼 없이 걷는 사람이 부럽다고 했더니 일 행들도 같은 생각이라고 말했다. 나만 힘들고 아프고 모자라 는 것 같지만 누구든 자신의 삶이 지구 무게만큼 무겁게 느껴지는 게 아니겠는가. 시린 얼음물로 양치만 하고 배와 등에 핫팩을 붙이고 등산복을 입은 채 침낭 속으로 들어갔다. 피곤하고 온몸이 쑤셔 수면제를 먹었으나 밤늦도록 말똥말똥 상념의 향연을 벌였다.

내가 살아온 길도 오르고 내리기를 반복했고

아프고 낫기를 반복하지 않았는가.

인류가 지나온 길이 그렇고

인류가 갈 길도 그렇지 않겠는가.

신들의 고향 2

또다시 고행이 시작되는 날 아침, 장장 여덟 시간 반을 올라가야 하기 때문에 마음도 몸도 분주했다. 길잡이는 웃으며 돌계단이 3천5백 개밖에 안 된다고 너스레를 떨었다. 고도 3,210미터까지 가파른 돌계단은 또다시 나를 지옥 체험으로 휘몰았다.

내가 지은 죄만큼 벌을 받나 싶다가 아차, 나쁜 생각이 나를 갉아먹는다 싶어 좋은 생각을 하려고 애를 썼으나 좋은 추억은 잠깐이고 실수, 잘못, 모자랐던 일들만 떠올랐다. 히말라야의 신들이 내게 그렇게 살지 말라고 명령했다. 트레킹을 마치고 돌아가면 무조건 신나게 놀겠다고 다짐했지만 어려울 거라는 것도 이미 알고 있었다.

여섯 시간 동안 걷고 또 걸어서, 가파른 돌계단과 돌길과 눈 녹은 질퍽한 길을 통과해 고레파니에 당도했다. 폭설 속 가파른 푼힐 전망대에 올라가야 히말라야 12봉의 장관을 볼 수 있다고 스스로를 닦달했다. 살려고 왔지 죽으려고 온 게 아니라고, 내 무릎이 버텨낼 리 없다고 절망하다가, 고통은 달콤한 추억이 될 것이고 몸이 고생하면 정신이 맑아질 거라며 스틱을 다시 부여잡았다.

아이젠 없이, 사람 발자국으로 다져진 빙판길을 한 시간 반 동안 기다시피 해서 올라갔다. 무릎을 원망하고 내 무모함도 원망했다. 하늘에 오르는 사다리 같은 인공 계단 앞에서는 히말라야까지도 원망했다. 문득, 앞서 걸어간 사람의 고통을 떠올렸다. 그들도 두 발로 걸어서 길을 뚫지 않았는가. 주저앉은 자에겐 추억도 행복도 희망도 주어지지 않는다. 가자, 가보자. 세상이 얼마나 넓고 장엄한지 살펴보자.

천신만고 끝에 푼힐에 올라섰다. 우와! 절로 탄성이 나왔다. 히말라야 12봉이 찬란하게 펼쳐졌다. 눈썹조차 무거웠고 스틱도 무거워 내던지고 싶었지만 신들의 고향을 내 품에 안을 수 있는 통쾌함을 맛보았다.

폭설로 전기 공급이 중단된 로지는 암흑이었다. 땀에 젖은 옷을 입은 채 휴대폰 불빛으로 가방 속의 양말을 찾아 신고 얼음물로 양치하고 털모자를 쓴 뒤 침낭 속으로 파고들었다. 창밖의 눈과 히말라야의 신들이 우리를 안아주었다.

다시 선크림을 처덕처덕 바르고 나섰다. 이번 트레킹에서 가장 긴 코스인 간드룩까지는 부지런을 떨어야 아홉 시간이 걸린다고 했다. 헤아릴 수 없이 많은 돌계단에 폭설의 흔적까지 있어 불안했다.

길잡이는 돌계단이 1만 5천 개라고 했다. 점차 손목도 무릎을 닮아갔고, 아래만 보고 걸은 탓에 얼굴도 퉁퉁 부어버렸다. 반탄트 로지에 '헝그리 아이(Hungry eye)'라고 쓰인 글씨가 가슴을 때렸다. 절경 앞에서도 오직 바닥만 보고 걷는 내겐 '배고픈 눈'보다 '굶주린 눈'으로 해석되었다. 바닥만 보며 자신과 싸울 수밖에 없는 지옥의 길이었다.

어둡기 전에 간드룩에 당도하려면 내 인생을 걸고 걸어야만 했다. 눈 녹은 길목에서 아이젠을 벗었다. 무릎을 달래고 마음을 채근하고 몸에게 용서를 빌며 9시간 20분 만에 간드룩에 도착했다. 일행 중에 한 명은 11시간 30분 만에 밤길을 스마트폰 불빛에 의지해 당도했다. 며칠째 세수도 못하고 물티슈로 얼굴과 발만 닦고 털모자를 쓴 채 침낭 속에서 잠을 청해야만 했다.

모처럼 느긋하게 일어나 마지막 코스 출발 전에 대장에게 오늘도 돌계단이 많으냐고 물었더니 시침을 떼고 아니라고 했다. 금세 거짓말이 탄로 났지만 우리는 농촌 마을의 쟁기 끄는 소와 켜켜이 돌로 둑을 쌓아 만든 다락논을 구경하고 맥주 한 잔씩 마실 여유도 생겼다. 잊었던 웃음도 살아났다.

예정보다 일찍 다섯 시간 만에 나야풀에 도착했다. 돌계단을 모두 통과하고 신작로의 흙길을 만났을 때 이제는 살았구나 싶었는데, 이를 어쩌랴. 목적지가 뻔히 보이자 평지가 지겹기 시작했다. 변덕도 이런 변덕이 어디 있으랴. 앞길이 훤히 보이니 지루하고 재미가 없었다. 인생도 그러리라. 자기의 앞날이 훤히 보인다면 어떨까. 지루하고 재미가 없을 것이다. 저녁노을을 보며 숙소에 도착한 우리는 따뜻한 목욕물이 반가워 뛰어들었다.

저녁상 머리에서, 우리를 꼬드겨 이번 산행으로 이끈 사람이 내년에는 4,300미터 고지에 도전하자고 제안했다. 모두 눈을 흘기고 고개를 저었지만 금세 내년 춘삼월을 기약하고 말았으니 이놈의 변덕은 어찌 생긴 걸까. 고통은 피하지 말고 통과해야 한다는 걸 깨달은 통쾌함만으로도 내 추억의 보물창고엔 보석 한 개가 반짝거린다.

문득, 앞서 걸어간 사람의 고통을 떠올렸다.

그들도 두 발로 걸어서 길을 뚫지 않았는가.

주저앉은 자에겐 추억도 행복도 희망도 주어지지 않는다.

고통은 피하지 말고 통과해야 한다.

6장

오늘은 어떻게

행복할까

행복은 결코 강력한 한 방이 아니다. 대단히 짜릿하고 남들이 부러워할 엄청난 일이 생겨 행복감을 크게 느끼는 것이 아니라 긍정적인 기쁨을 자주 느끼는 것이 바로 행복이다. 즉 행복이란, 자신의 상황이나 조건에 만족하고 동시에 긍정적인 감정을 경험하는 것이다. 인생에 정답이 없으니 각자 명답을 찾아 소박하게 살아가는 것이다.

불면증의 시대를 살면서

신선들이 유유자적하던 이 땅이 복잡하고 소란해지면서 인간 세상은 근심, 걱정, 두려움으로 불면의 땅이 된 것인지 모른다. 나 또한 불면증으로 시달린 지 십수 년, 처방받은 약을 먹은 지도 오래라는 생각에 내 불면증의 원인을 찬찬히 살펴보았다. 옛 어른들 같으면 일하지 않고 놀고먹어서 그렇다며 야단을 칠 수도 있으리란 생각을 했다. 나 같은 경우엔 육체노동은 매우 적고 정신노동은 극심한 편이기에 세상이 복잡해서 잠 못 드는 게 아니라 내 머릿속이 복잡해서 불면증에 시달린다는 걸 부정할 수 없다.

불면증의 시작은 십수 년 전, 잃어버린 우리의 찬란했던 발해 역사를 되찾겠다는 일념으로 매달린 대하역사소설 『김홍신의 대발해』 때문인 것이 분명하다. 200자 원고지 1만 2천 장을 완성하기 위해 5백여 권의 자료를 뒤지고, 중국과 러시아를 취재하고, 수정 작업과 교정 작업만 7개월을 하면서 심한 불면증에 시달렸다. 수면제와 와인과 갖가지 민간요법을 동원했지만 좋아질 기미가 보이지 않았다. 글을 쓰다가 몽롱해져서 쓰러지기도 했고, 몸져눕기도 했다.

이렇게 힘들게 살면서 무슨 낙이 있겠나 싶어 막다른 생각에 빠질 때도 있었다. 그런 위기 때마다 스승의 가르침이 나를 깨우곤 했다. 자신만큼 어려운 적(敵)은 없다는 가르침과 세상에 조금이라도 보탬이 되게 살라는 채찍과 남이 내 이름을 부르는 게 기쁨이 되게 살려면 고통을 동무 삼아야 가능하다는 위로를 되새기며 견뎠다.

가장 큰 위로는 아침에 눈을 뜨면 내가 살아 있다는 사실이었다. 살아 있으니 어떻게든 보람 있게 살자는 다짐을 했다. 살아서 지옥을 한번 다녀오면 남은 인생이 아무리 고달파도 견뎌낼 거라는 절박한 자위였다. 집필을 포기하면 평생 후회하겠지만, 고구려가 멸망하는 날로부터 30년 후 발해 건국에서 멸망까지 258년간의 우리 민족사를 갈고 다듬으면 불면증도 해결되고 살아서 천당에 오르는 환희를 맛보게 되리라는 꿈을 꾸었다. 열 권이나 되는 소설을 출간하고 조상의 웅혼한 얼을 가슴에 새기며 내가 한국인으로 태어난 게 황홀하고 찬란하다는 기쁨을 맛보았다. 그러나 불면증은 지금까지도 해결하지 못했다.

인류가 지구의 주인 노릇을 하게 된 것은 모든 동식물 중에 진화를 가장 빨리 잘 했기 때문이라고 한다. 물론 일상은 편리해졌고 다양해졌으나 행복으로의 진화, 고뇌에서 벗어나기 위한 진화, 자유로움의 진화, 마음의 평화로의 진화는 멈추었거나 후퇴했다는 생각을 지울 수 없다.

근래에 동물과 식물의 진화 과정에 관한 글을 읽고 나도 별수 없이 진화가 아니라 퇴보한 존재라는 생각을 하게 되었다. 미국의 대도시에 사는 제비의 날개가 짧아졌다고 한다. 도시의 수많은 자동차 행렬에 부딪혀 죽거나 다치지 않으려면 급회전을 해야 하는데 날개 길이가 길면 급회전을 할 수 없기 때문이라고 한다. 뉴욕 공원에서 사람들이 버린 썩은 음식물 쓰레기를 먹고 생존해야 하는 흰발붉은쥐는 식중독을 이기는 개체로 진화했다고 한다. 어두운 곳을 좋아하던 거미는 가로등 불빛을 보고 모여드는 벌레를 사냥하기 위해 가로등 불빛을 이용한다고 한다. 어디 그뿐인가. 민들레와 같은 국화과 식물인 크레피스 상크타(Crepis sancta)는 씨앗을 멀리 날려도 흙을 찾기 어렵자 씨앗 무게를 늘려 아스팔트와 시멘트 틈새에서 생존하도록 진화했다고 한다.

사람은 자동차, TV, 휴대폰, 청소기, 세탁기, 오븐, 냉장고, 지하철, 비행기, 컴퓨터, 로봇 등등을 끊임없이 개발하여 편리한 삶으로 진화하는 속도는 빨라졌지만 삶의 가장 소중한 가치인 행복으로 가는 능력은 오히려 후퇴한 것 같다.

우리 집 담장과 바닥 시멘트 틈새에서 마디게 자라는 회양목은 한참 동안 비가 오지 않으면 고개를 푹 숙인 채 죽은듯 있다가도 비만 오면 고개를 바짝 쳐들고 푸른 잎을 자랑하곤 한다. 옮겨 심으려고 삽질을 해봤지만 시멘트 바닥을 깨트리기가 쉽지 않아 그저 가끔씩 물을 주곤 한다. 물을 줄 때마다 "너는 어찌하여 하필 좁은 시멘트 틈에서 생존하느냐? 그래도 굳세게 살아보라"며 잎을 만져주곤 한다.

그러다가 문득 그 작은 식물에게 마음 쓰는 것만큼 고통을 받는 이에게 마음을 쓰지 못한 것을 반성하게 된다. 생각하니 불면증을 걱정할 게 아니라 점차 근시안으로 퇴화하는 걸 걱정해야 한다. 얼마 못 가 더욱더 퇴화된 자신을 볼 테지만.

가장 큰 위로는

아침에 눈을 뜨면 내가 살아 있다는 사실이었다.

살아 있으니 어떻게든 보람 있게 살자는 다짐을 했다.

살아서 지옥을 한번 다녀오면

남은 인생이 아무리 고달파도 견딜 수 있을 것이다.

양손잡이를 꿈꾸지만

아직도 만년필로 글을 쓰는 탓에 원고의 분량이 많을 때는 손가락 마비 증세로 고생한다. 오른손잡이인 나는 오른팔에 문제가 생기면 여간 고역이 아닐 수 없다. 글쓰기를 포기해야 할 뿐만 아니라 세수, 칫솔질, 머리 감기, 밥 먹는 것은 물론 옷을 입고 벗기도 힘들고 잠자리에서 돌아눕다가 통증으로 화들짝 깨어나 잠을 설치기 일쑤다. 그럴 때마다 양손잡이를 꿈꾸곤 한다.

딸아이는 양손잡이다. 왼손잡이인 딸을 오른손잡이로 만들기 위해 어지간히 애를 썼다. 글씨는 오른손으로 쓰지만 왼손이 편한지 밥을 먹거나 휴대폰 문자를 보낼 때는 으레 양손을 사용한다. 양손을 자유자재로 사용하는 딸아이를 보면서 어려서부터 길들이면 누구든 양손잡이가 될 수 있다는 생각을 했다. 좌뇌형 인간은 시각적, 언어적, 수학적, 이성적이며 우뇌형 인간은 청각적, 공간적, 예술적, 감성적이라고 한다. 그래서 좌뇌와 우뇌기 고루 살 쓰이게 하려면 양손잡이가 되는 게 좋다는 말을 들었다.

돌아가신 김수환 추기경님과 조촐한 식사자리를 함께한 적이 있다. 세상사 이야기를 나누다가, 가진 것 없는 척박한 나라를 이만큼 잘살게 만든 국민이지만 행복도가 낮은 것은 정신적 여유가 없는 탓이니 서둘러 국민소득 5만 달러 시대를 열어야 한다는 이야기를 했다. 그러기 위해 한 방편으로 양손잡이 교육이 필요하다고 하자 추기경님께서 환히 웃으시며 "남 가르칠 생각 말고 김 선생부터 실천해 보세요"라고 하셨다. 노력해 보겠다고 했지만 나는 아직도 오른손잡이일 뿐이다.

왼팔이 고장 나면 오른팔이 고장 났을 때보다는 조금 덜 불편하지만 일상생활은 여전히 불편하다. 그러나 다리를 다쳐보면 알게 된다. 팔 다친 것이 낫다는 것을. 팔을 다친 사람은 다른 사람이 옷 입히고 밥 먹여줄 수 있지만 다리를 다치면 남이 대신 걸어줄 수가 없는 법이다. 그러나 팔과 다리를 다치면 움직일 수가 있지만 허리를 다치면 누워 있기조차 힘들다. 마음을 다치면 몸을 다친 것 못지않게 고통스럽고 잠들지 못하며 우울증과 공황장애에 시달린다.

평생 아프지 않고 살 수 없는 게 인간의 모습인 것 같다. 몸이나 마음을 다쳤을 때 죽을병에 걸리지 않은 것을 위안 삼을 만큼 마음을 다스릴 수 있다면 천하에 두려울 게 없을 것이다. 우리는 그동안 산다는 것을 너무 거창하게 생각한 것은 아닐까?

욕망은 결핍에서 온다고 했다. 이성을 좋아하는 것도 상대가 내가 갖지 않은 것을 가졌기 때문일 것이다. 상대에게 더 나은 것이 있을 거라는 기대치가 결핍을 낳고 그 결핍이 욕구를 불러들이는 것이다. 욕망은 남들만큼 갖고 싶다는 마음이 결국 남보다 더 갖고 싶은 마음으로 전환하는 특질에서 시작된다.

오랜 세월 마음을 나누었던 호방하고 담대한 성정의 신부님이 암에 걸려 사제요양원에서 병마와 씨름하고 있다. 신부님은 좋았던 기억은 다 잊고 나빴던 것들만 떠오른다며 평소에 좋은 추억을 많이 만들라고 했다. 그러면서 암에 걸린 원로 신부님의 격려 한마디에 마음을 추슬렀다고 했다.

"죽도록 아프거나 암에 걸려 죽음에 직면하면 영혼이 정화되어 쉽게 천당에 간다."

오른팔을 다쳤을 때는 양손잡이가 되고 싶다가 멀쩡해지면 그냥 오른손잡이로 사는 습관조차 못 버리면서, 거창하게 영혼의 정화를 꿈꾸는 내게 그 말씀은 벼락이었다.

나는 그동안 산다는 것을

너무 거창하게 생각한 것은 아닐까?

봄바람에 실려 온 토정비결

해가 바뀌고, 봄 향기가 바람에 실려 양지바른 들녘을 찾을 무렵이면 토정비결을 보러 다니던 어머니의 모습이 떠오른다. 어머니는 성당에 다니기 전까지만 해도 '당골네'라 부르던 무당, 점쟁이의 집을 자주 드나들었다. 집안에 우환이 있거나 풀기 어려운 일이 생기면 곡식이나 지전을 챙겨 들고 '당골네'를 찾곤 했다. 그 시절 어머니의 신앙은 부처님과 무당과 판수뿐 아니라 관상쟁이와 토정비결을 잘 봐주는 서당의 유식한 훈장님까지 다양했다. 용한 점쟁이가 있다면 동네 여인들을 모아 우르르 몰려가기도 했고, 내림굿을 받아 막 점사를 보기 시작한 무당이 신통방통하다며 먼 길을 마다치 않고 찾아가기도 했다.

우리 어머니만 그런 건 아니었다. 그 각박하고 대책 없고 아픔 많던 시절의 여인들은 믿고 의지할 데가 없으니 삭은 새끼줄이라도 잡고 싶은 절박한 심정으로 무엇인가에 매달릴 수밖에 없었을 것이다. 어머니들은 날마다 맑은 물 한 사발을 장독대에 올려놓고 간절하게 빌었다. 남편과 자식의 건강과 무탈, 조상의 은덕, 하늘의 도움, 시집의 풍요, 친정의 안위를 빌고 비로소 자신의 역할이 참되기를 원했던 여인네들의 간곡한 기도가 오늘의 대한민국을 만들었다는 생각을 했다.

외아들인 나를 자손이 없는 큰아버지에게 양자로 보내라는 문중 어른들의 강요를 한사코 거부하여 모진 구박을 받던 어머니는, 하나밖에 없는 아들을 귀한 사람으로 만들겠다며 내게 수양어머니까지 만들어주었다. 오직 외아들이 건강하고 대성하기를 바라는 마음으로 그렇게까지 했던 것이다.

그랬던 어머니가 돌변한 것은 성당에서 영세를 받으면서부터였다. '당골네'가 서운하다는 소리를 할 정도였다. 어머니는 하느님 말고는 죄다 뜬귀신 아니면 잡귀라며 그때부터 무당, 점쟁이, 판수를 멀리했다.

그러나 토정비결만은 끊지 않았다. 해마다 정월 보름이 지나고 경칩 무렵이면 어머니는 어김없이 토정비결 잘 본다는 곳을 찾아다녔고, 특별히 적어온 게 없는데도 식구마다 조목조목 평생 사주며 올해의 운수를 줄줄이 풀어놓곤 했다. 족히 공책 서너 장이 될 만한 내용을 어찌 다 외운 것인지 알 길이 없었다. 우리 식구들의 운명을 다 책임져야 할 의무가 있다고 생각했거나 어머니가 우리 집안의 길흉화복을 죄다 꿰고 있어야 예방도 하고 대책도 세울 수 있다고 판단했을 수도 있다.

어머니는 시간이 흘러도 토정비결의 내용을 절대 잊지 않고 철저히 지켰다. 여름에 몰래 샛강으로 헤엄치러 가려고 하면 불러 앉히고는 오뉴월에 물놀이 조심하라 하지 않았느냐면서 야단을 쳤다. 정 물놀이를 하고 싶으면 집 근처의 개울에서 하라는 것이었다. 노름꾼들이 노름을 끊지 못하는 것은 더러는 돈을 따기도 하기 때문이라고 한다. 점괘도 신기하게 간혹 맞아떨어지는 경우가 있었기에 멀리하지 못했는지 모른다.

성당의 하느님만으로는 어머니의 소망이나 근심, 걱정이 해결되지 않은 탓인지도 모른다. 성당에 다니기 전에 어머니는 부처님을 믿었는데 하느님으로 바꿀 때 그걸 개종이라고 생각하지는 않았다. 그러나 탁발하러 온 스님에게 "우리는 성당에 다녀요"라고 말할 때는 목소리가 기어들어갔다. 그러면 스님은 두말없이 합장하고 돌아갔다. 성당에 다니기 전에는 탁발하러 온 스님을 반기던 어머니의 바뀌어버린 묘한 표정, 미안하지만 어쩔 수 없다는 표정을 잊을 수가 없다.

그러던 어느 날, 탁발하러 온 스님에게 어머니는 그날도 기어들어가는 목소리로 "우린 성당 다녀요"라고 했다. 그러자 스님이 마루에 걸터앉아 만화책을 보고 있는 나를 가리키며 "장차 재상이 될 상이니 귀하게 기르시고 그때 소승을 잊지 말아주세요"라며 맨땅에 무릎을 꿇고 어머니에게 절을 하고 돌아갔다. 어머니는 나를 뚫어져라 쳐다보더니 뒤주를 열고 판재기(장독소래기) 가득 쌀을 퍼 담아 잰걸음으로 대문 밖으로 나갔다. 조금 뒤에 어머니는 빈 판재기를 들고 들어와 내 볼을 살짝 꼬집으며 웃었다. 어린 마음에도 어머니가 왜 판재기 가득 쌀을 담아 내갔는지 짐작할 수 있었다.

요즘 휴대전화나 이메일로 들어오는 토정비결을 노름꾼의 심정으로 읽게 되는 이 호기심의 유전자가 어머니 때문일지 모른다는 생각을 하며 스스로 위안거리로 삼는다. 하늘에 계신 어머니가 아들이 자신을 닮아가는 걸 기뻐하실라나……

자신의 역할이 참되기를 소원했던
누군가의 간곡한 기도가,
지금의 귀한 오늘을 만들었다.

다시 태어날 수 있다면

모교 석좌교수로 봉직할 때 대학에서 배당한 커리큘럼과는 다른, '인생론'을 자주 피력하곤 했다. '명교수'란 소리를 듣고 싶은 욕심에 부지런히 책을 읽고 정리하자 나를 다듬는 공부가 되었다. 어느 학기에는 대학원에 다니는 중년의 제자들과 함께 '다시 태어날 수 있다면 어떤 사람으로 태어나고 싶은가'라는 주제로 자유 토론을 했다. 체면이나 분위기 따위에 주눅 들지 말고 '솔직한 욕심'을 말해 보자고 했다. 제자들의 다양한 이야기를 모아보니 여섯 가지로 정리할 수 있었다.

첫째, 외모가 출중했으면 좋겠다. 입사원서를 수십 장이나

썼다는 어느 여성은 "딱 하루만이라도 잘생겨봤으면 좋겠다"고
했다. 실력보다 외모가 우선인 우리 사회의 외모지상주의는
절대다수의 평범한 사람들의 기를 꺾는다. 외모로 부당한 대
우를 받는 경우가 요즘도 사라지지 않았다. 우리 사회는 외모
에 치중할 게 아니라 다양한 개성과 능력, 잠재력과 양성평등
의 관점을 지향하며 차별 없는 세상을 만들어야 한다.

둘째, 명석한 두뇌를 갖고 싶다. 치열한 경쟁 사회에서 누군
들 밀리고 싶겠는가. 진학, 취업, 승진, 출세를 보장받는 가장
손쉬운 방법은 실력을 갖춰 최상의 평가를 받는 것이다. 외국
어도 유창하게 하고 4차 산업혁명 시대에 걸맞은 역량을 발휘
하여 성공가도를 질주하고 싶지 않은 사람이 있겠는가. 그러
나 능력에 관계없이 성실하게 노력하는 사람도 성공하는 세
상이 좋은 세상이다. 더 좋은 세상이 되려면 성공한 사람들이
그렇지 않은 사람들과 나누고 거들어줘야 한다. 결코 혼자 이
룬 게 아니라는 걸 알아야 진정한 성공이다.

셋째, 건강하고 싶다. 지금까지 알려진 질병은 1만 2,420개라
고 한다. 인간은 누구나 질병을 두려워할 수밖에 없다. 감기에
만 걸려도 건강이 얼마나 소중한가를 생각하게 된다. 먹고 싶
은 음식을 마음껏 먹고 마셔도 살찌지 않고 나이 들어도 피부

가 곱고 뱃살도 없으며 죽는 날까지 건강하고 싶은 게 인간의 소망일 것이다. 그러나 누구도 그럴 수가 없다. 그래서 아프고 병든 사람들을 위한 사회보장제도가 절실하다.

넷째, 재력을 갖추고 싶다. 현대인을 구속하는 게 돈이라고 하지만 한국 현대사는 재력이라 쓰고 품격, 능력, 존경, 권력이라고 읽는 걸 부정할 수 없다. 온갖 사건 사고의 뒷모습에는 어김없이 돈이 관련되어 있고 청문회 때마다 국민들의 가슴을 답답하게 하는 것도 교묘하게 일군 재력이었다. 아파트는 집이 아니라 재력으로 인식된 지 오래다. 가상화폐 열풍에 대해 정부가 나서려고 하자 젊은 투자자들은 "언제 우리를 행복하게 해준 적이 있냐?"고 언성을 높였다. 열심히 일하는 사람들이 잘사는 나라를 만들어야 한다. 한국이 살맛 나는 나라가 되기 위한 전제조건이다.

다섯째, 인복이 있었으면 한다. 가장 가깝기에 가장 갈등이 많은 게 부부라고 한다. 상대에게 바라는 게 많기 때문이다. 나만을 섬기고 이해하고 존중해 주기를 바라는 욕심의 필연적인 결과가 갈등이다. 과거의 주례사처럼 부부는 일심동체가 아니라 나와는 전혀 다른 남이기에 같이 살려면 서로 다른 것을 인정해야 한다. 나와 완벽하게 맞는 사람과 결혼하려면 사람이 아닌 신이나 천사를 찾아야 한다. 그렇듯 지금 내게 주어진 인연을 잘 닦고 갈무리하는 게 인생의 지혜이자 인복인 것이다.

여섯째, 명예와 권력을 갖고 싶다. 그런데 한 가지 우리가 기억해야 할 점이 있다. 재물은 물론 권력과 명예를 가졌던 미국의 백만장자 25명 중 10명은 자살을 했고, 5명은 이혼으로 가정파탄을 맞았으며, 3명은 알코올중독자가 되었고, 5명은 도박과 부정으로 망했으며, 오직 2명만이 평탄하게 살았는데 바로 그 2명은 사회사업가가 되었다고 한다. 행복의 도구로 알았던 돈, 명예, 권력이 그들을 비참하게 만들었다. 그것은 사람이 돈을 지배하고 명예와 권력을 손에 쥐어야 했는데 돈과 명예와 권력이 그들을 노예로 삼았기 때문이다.

결국 그날의 결론은 의외로 단순하고 간결했다. 행복은 결코 강력한 한 방이 아니다. 대단히 짜릿하고 남들이 부러워할 엄청난 일이 생겨 행복감을 크게 느끼는 것이 아니라 긍정적인 기쁨을 자주 느끼는 것이 바로 행복이다. 즉 행복이란, 자신의 상황이나 조건에 만족하고 동시에 긍정적인 감정을 경험하는 것이다. 인생에 정답이 없으니 각자 명답을 찾아 소박하게 살아가는 것이다.

다시 태어날 수 있다면

어떤 사람으로 태어나고 싶은가.

완벽에는 끝이 없고 인생에는 정답이 없으니,

만족하며 사는 것이 행복임을 알게 된다.

벽초 홍명희 선생께 올리는 글

      우리 시대의 위대한 금서이며 근대문학의 거탑『임
꺽정』의 작가이자 독립운동의 선두에 서고 남북통일을 갈구
한 민족사의 큰 어른 벽초(碧初) 홍명희(洪命憙) 선생은 제가
닮고 싶은 선각자입니다.

      "내 아들아, 너희는 어떻게 해서든 조선 사람으로서 의무와
도리를 다하여 잃은 나라를 기어이 찾아야 한다. 죽을지언정
친일하지 말고 먼 훗날에라도 나를 욕되게 하지 말아라"라는
유언을 남기고 국치를 당한 1910년 8월 29일에 자결한 아버지
홍범식 선생의 고결한 정신을 이어받은 그 절개는 암울한 시

대의 횃불이었습니다.

삼년상을 마치고 중국으로 건너간 선생은 단재 신채호, 조소앙, 창강 김택영, 예관 신규식 등과 조선독립을 위해 정진하셨습니다. 그 당시 창강 선생께서 집필하신 「홍범식전」에는 "외모는 비록 온순하나 내심은 실로 강개막측하였으니 이는 아마 노상에서 굶어죽을지언정 차마 원수놈의 나라에서 밥을 먹을 수 없을 것"이라고 벽초 선생을 평했습니다. 선생께서는 자녀들에게 "나는 『임꺽정』을 쓴 작가도 아니고 학자도 아니다. 홍범식의 아들, 애국자다. 일생 동안 애국자라는 그 명예를 잃을까 봐, 그 명예에 티끌조차 묻을세라 마음을 쓰며 살아왔다"고 하셨습니다. 그 말씀을 떠올리면 지금도 가슴이 쿵쾅거립니다. 이 글을 사뢰어 올리는 이 순간에도 선생께서는 나라 걱정에 승천하지 못하고 통일이 되기를 갈망하며 우리를 지켜보고 계실 거라고 생각됩니다.

북한의 부수상이자 군사위원회 위원을 지내시던 1952년 1월 13일, 병환으로 사경을 헤매다가 기적적으로 병석에서 일어나 "통일을 보기 전에는 눈을 감을 수 없었던 절박한 심정이 살아나게 한 이유"라고 하셨습니다. 이 어찌 통일을 염원하는 민족사에 큰 가르침이 아닐 수 있겠습니까. 우리나라 신문학을 이끈 '삼천재' 중에서도 으뜸으로 꼽히던 벽초 선생의 유일한 미완의 장편소설 『임꺽정』은 읽어서는 안 되는 금서였습니다. 그 시대의 문학도들은 은밀히 읽고 감동받으며 '우리 문학 초유의 걸작이자 조선말 어휘의 노다지'라는 찬사를 실감했습니다. 문학도들이 남몰래 탐독한 짓은 누가 뭐라 하든 위대한 민족 유산에 대한 갈증이 있었기 때문입니다.

『임꺽정』은 1928년 11월 21일 《조선일보》에 연재를 시작했지만 병고와 감옥살이로 연재를 중단하는 우여곡절 끝에 햇수로 13년 동안 게재되었고 백성의 염원을 풀어주었습니다. 일제의 엄혹한 협박과 강압도 선생의 정신은 깨뜨리지 못했습니다.

제가 『임꺽정』과 함께 추천도서로 꼽는 『조선상고사』의 저자 신채호 선생과 상호 공경하던 모습도 부러웠습니다. 일생동안 서로 존중해 왔던 단재 선생께서 옥사했을 때 쓴 글을 읽으며 올곧은 학문과 선비정신, 뜨거운 민족애와 선각자의 정신을 가슴에 새겼습니다.

세상에 부끄럽지 않게 살기 위해 바른길을 걸으려고 뒤뚱거릴 때마다 벽초 선생을 닮아보려고 억척스럽게 살아본 적이 있습니다. 마음에 티끌이 묻을 때마다 참회 기도를 하며 선각자의 삶에 경외심을 가졌습니다. 배움을 놓지 않으려고 안달을 했고 마음을 곧추세우려고 정진기도를 했으며 평화통일에 작은 힘이나마 보태려고 평화재단의 일꾼으로, 통일의병 대표로 활동했습니다.

젊은 시절의 저는, 벽초 선생과 함께 조선의 삼천재로 평가받던 육당 최남선, 춘원 이광수를 비판하는 데에 주저하지 않았습니다. 걸출한 조선의 선비들이 어찌하여 민족의 가슴에 상처를 남겼는지 탄식하며 벽초 선생을 더욱 흠모하게 되었습니다.

벽초 선생처럼 살고 싶은 욕심에 현대판『임꺽정』을 집필하려고 전두환 군사정권 시절, 엄혹한 감시와 검열에 맞서『인간시장』을 썼습니다. 계엄치하의 검열관들은 제 소설『인간시장』을 그들의 입맛대로 손질했습니다. 협박과 공갈에 붓을 꺾으려고 했지만 제 가슴속의 '벽초 정신'은 무너뜨리지 못했습니다. 그렇게 쓴『인간시장』은 출간 한 달 반 만에 10만 부 판매를 돌파했고 2년여 만에 한국 역사상 최초로 100만 부를 돌파하여 제가 최초의 밀리언셀러 작가로 역사에 기록되었습니다. 비록 벽초 선생의 문필을 흉내 낼 수 없었지만 한 시대를 흔든 선생의 정신만은 이어가려고 노력했습니다. 그러면서 선생의 역사인식과 민족사적 거대담론을 따르겠다는 마음을 다졌습니다.

2004년 후반부터 3년여에 걸쳐, 잃어버린 발해 역사를 되살리기 위해 『김홍신의 대발해』 집필에 몰두했습니다. 200자 원고지 1만 2천 장을 만년필로 꾹꾹 눌러 썼습니다. 우리문학의 최대 수확이며 조선어의 보고로 평가받은 『임꺽정』을 따라가겠습니까마는 비재(非才)한 게 능력이나마 영육을 바쳐 벽초 선생의 정신을 따르고 싶었습니다.

선생께서는 1919년 3월 1일 기미만세 시위에 참가한 뒤 직접 독립선언서를 작성하여 18일 밤부터 등사판으로 수백 장의 유인물을 만들었습니다. 19일에 충북 지역 최초로 괴산 만세운동을 주도하자 시위는 곧 충북 지역 곳곳으로 확산되었습니다. 그 당시 복심법원 판결문에 따르면 그 선언서의 내용은 "대담하게도 최후의 일인까지 조선의 독립운동을 하지 않으면 안 된다는 취지를 고취하는 문서"였다고 했습니다. 선생은 3월 24일 왜경에 체포되어 4월 19일 공주지방법원 청주지청에서 2년 6개월 징역을 선고받았습니다. 어디 그뿐입니까. 민족정기를 바로 세우기 위해 신채호, 안재홍, 한용운 선생 등과 만든 신간회의 '민중대회' 사건으로 구속되어 서대문형무소에 수감되었고, 2년 넘게 옥살이를 하며 소설 연재도 중단하는 등 지친 몸으로 고초를 겪었습니다.

선생의 진정한 민족애와 국권 회복에 대한 열정은 독립운동의 디딤돌이 되었고, 드디어 선생께서 꿈꾸던 해방의 기쁨을 맛볼 때 선생은 이미 58세였습니다. 수많은 선비들과 동지들이 일제의 압제와 협박에 굴복, 변절하거나 친일부역자가 되었으나 선생께선 해방의 감격을 떳떳하고 자랑스럽게 맞이한 우리의 사표가 되었습니다.

민족주의자인 벽초 선생께선 오롯이 통일 한국을 수립하자는 민족애로 여러 차례 평양을 오가며 남북협상을 주도했지만, 남한의 친일세력이 득세하여 더 이상 서울로 돌아올 수 없게 되자 환갑이 되던 해에 북한에 남았습니다. 그 바람에 『임꺽정』과 벽초 선생은 우리 역사에서 지워지게 됩니다.

1968년 3월 5일 80세의 일기로 벽초 선생은 생을 마감했습니다. 선생께서 그리도 간절하게 바라고 기도했던 통일의 그날이 오면 민족의 문학사는 물론 독립운동사와 조선의 참 선비정신이 반드시 새로 쓰여질 것을 확신합니다. 선생의 존엄한 정신이 결코 지워지지 않고 빛을 발할 것이니 편안히 웃으시며 천상에 오르시옵소서.

세상에 부끄럽지 않기 위해

바른길을 걸으려고 뒤뚱거렸다.

마음에 티끌이 묻을 때마다 삶에 경외심을 가졌다.

배움을 놓지 않으려고,

마음을 곧추세우려고 애썼던 날들이

나를 성장시켰다.

20년 뒤를 기약하며

제자들과의 모임에서 주례에 얽힌 얘기를 하게 되었다. 어쩌다 보니 내 나이 39세에 첫 주례를 하게 되었는데, 하필 그날 여의도에서 대통령 후보가 대중연설을 하느라 그 일대가 온통 길이 막혀 한 시간 반이나 늦게 예식장에 도착한 아찔했던 사연이 떠올랐다. 더러는 꼭 내 주례가 필요하다며 예식 날짜를 내 일정에 맞춰 변경하는 경우도 있었다. 요즘도 주례를 설 때는 신랑신부를 위해 목욕재계하고 기도한 뒤에 주례석에 오른다. 주례를 승낙한 날부터 다쳐도 안 되고 병원에 입원해도 안 되기 때문에 몸조심, 마음조심을 하고 "그대들은 나의 스승이니 내 스승처럼 살아달라"고 당부한다.

그날도 제자들에게 그런저런 얘기를 했는데 예술 분야에서 뛰어난 재능으로 작품 활동을 하는 한 제자가 손을 들었다. "사랑하는 제 딸이 일곱 살인데, 스물일곱 살에 결혼시킬 테니 주례를 서주십시오"라고 했다. 내가 20년 후에 주례를 할 수 있을까 생각하니 얼른 대답할 수 없었다. 옆에 있던 제자들이 "서주세요! 서주세요!" 하고 합창을 했다. 화기애애한 분위기에 하릴없이 고개를 끄덕였다. 속으로는 '세월 가면 잊어버리겠지……' 하면서. 박수가 쏟아지자 제자는 벌떡 일어나 새끼손가락을 내밀었다. 약속의 징표로 내민 손가락을 민망하게 할 수 없어 새끼손가락을 걸었다.

그 순간 머릿속을 스치는 것은 그 약속을 지키기 위해 20년 동안 억지로라도 건강하게 살려고 애쓰면 내 인생을 위해 좋을 거라는 생각이었다. 20년 뒤에 건강하고 탈 없는 모습으로 주례석에 오를 수 있게 노력해서 약속을 지키는 사람이 되자고 마음먹었다.

그리고 1년 뒤, 제자들 모임에서 그 제자는 또 거침없이 "둘째 딸을 낳았는데 그 아이도 주례를 서주셔야 합니다. 선생님을 생각해서 둘째는 스물다섯 살에 결혼시키겠습니다"라고 하는데 농담 같지 않았다. 제자들이 또 박수를 치고 분위기를 잡는 바람에 나는 또 제자와 새끼손가락을 걸었다. 내 나이에 25년을 더하며 혼자 웃었다. 73 더하기 25는 98이 분명했다.

어린 시절에 사주풀이하는 사람이 내게 장수할 사주라며 88세까지 살 거라고 해서 기분 좋았던 기억이 새삼스러웠다. 70세만 되어도 장수했다고 하던 시절이었다.

근래에 '기대수명 계측 시스템'이 생겼다고 해서 내 자료를 기대수명 자동계산기에 넣어봤다. 조금 장난스러워 보였지만 재미 삼아 나이, 성별, 사는 지역, 부모와 조부모의 병력, 평균수입, 학력, 건강 상태, 운동량, 수면 태도, 성격, 운전 성향, 흡연량과 주량, 건강검진 유무, 키와 체중 등을 입력했다. 미국의 보험회사에서 보편적으로 사용하는 기대수명에 대한 통계적의견이라는 단서가 붙었을 뿐 출처가 명확하지는 않았다.

호기심을 갖고 입력하여 기대수명을 누르니 88세, 앞으로 15년, 남은 일수는 대략 5,475일이라고 했다. 한국 남성의 평균 수명보다는 더 산다지만, 제자와 약속한 주례는 설 수 없는 게 아닌가. 자료를 조금 유리하게 입력한 것도 신경 쓰였다. 나는 머리 좋고 장난기 많은 재주꾼이 재미 삼아 지어낸 것이니 믿지 말자고 스스로 위안을 삼았다.

친인척 어른이나 선배가 돌아가셨다는 기별을 받고 장례식장에 가면 평균 수명이 늘었다는 걸 실감하지만, 후배들이 저승 행차 했다고 해서 장례식에 가면 은근히 내 남은 삶을 헤아리게 된다.

수변의 권고와 제자와의 약속을 떠올리며 십수 년간 미뤘던 종합건강검진을 받았다. 건강검진에서 만약 큰 문제가 생기면 극복하기 어려울 것을 짐작하기에 미루고 미루기만 하고 있던 터였다. 결과가 나오기까지 며칠 동안 이런저런 걱정을 했다. 자잘한 문제는 있었지만 큰 걱정거리는 없다고 하는 순간 좀 더 건강관리를 잘하자는 다짐을 했다. 남들에게는 '인생, 잘 놀다 가지 않으면 불법'이라며 '건강을 망치면 바람에 낙엽같이 구르고 밟혀도 달싹 못 한다. 살아 있어도 괴롭고 후회투성이가 된다'고 했는데 내가 큰병을 얻으면 무슨 염치가 있겠나 싶었다.

음식을 조절하자, 운동량을 늘리자, 명상을 더 깊게 하자, 쌓이고 쌓인 마음의 응어리를 털어내자, 잡념을 깨뜨리기 위해 기도를 더 정성으로 하자, 나와 인연 맺은 사람들을 더 소중하게 받들자, 게을리한 공부가 적잖으니 부지런히 공부하자,

244

세상으로부터 받은 은혜 다 갚고 갈 수 없으니 좋은 글을 써서 조금이라도 보답하자, 남을 기쁘게 하고 세상에 조금이라도 보탬이 되게 살자…….

　그런데 불과 얼마 지나지 않아 살던 대로 사는 나를 발견하게 되었다. 그저 살아 있음에 감사했다.

먼 훗날을 기약하는 것은

그때까지 건강하게 잘 지내자는 약속이기도 하다.

10년, 20년 뒤에도 잘 살고 있는 나를 만나자고,

자기 자신과 약속하자.

소중한 것은 다 공짜다

휴가를 포기한 채 원고지와 씨름하며 소설 쓰기에 매달렸던 여름, 에어컨 없는 방에서 선풍기를 벽을 향해 돌리며 버티려니 팔에 진땀이 배어 원고지가 달라붙곤 했다. 글이 잘 써질 때는 그런대로 견디는데 막힐 때는 염천에 무슨 낙을 바라고 이런 극성을 부리는지 내게 짜증이 나기도 했다. 아직도 컴퓨터를 사용하지 못해 만년필로 원고를 쓰고, 스마트폰으로 편리하게 송금을 할 수 있음에도 직접 은행을 오가며 땀 젖은 몸을 겨우 선풍기 바람에 의지하는 내게 마음의 벗이 한마디 툭 던졌다.

"원시인이자 미개인이 분명하다."

나는 그 말을 듣는 순간 매우 행복했다. 다른 일로 원시인이자 미개인이라고 했으면 무시당하는 기분이 들거나 욕으로 들렸을 텐데, 그 말 속에는 현대문명 속에 아날로그적으로 사는 내 모습이 인간적이라는 칭찬이 스며 있는 것 같았다. 인생을 쉽게 살지 않겠다는 내 모습에 대한 격려라는 생각도 들었다.

몹시 더웠던 어느 날, 언론사 간부로 활동하는 제자와 서해안 바닷가 선술집에서 한잔 술로 시름을 달래다가 소문난 부자 이야기를 하게 되었다. 돈 많고 명예를 가졌다 한들 병들어 누우니 다 부질없다는 것이었다. 아프지 말고 잘 놀다 가자, 잘 어울리자, 죽음 앞에서는 돈도 권력도 명예도 헛것이니 지금부터는 남은 인생을 공짜로 살지 말자고 했다. 자고 일어나면 또 잊어버리겠지만 자꾸 다짐하자고 했다. 그렇게 잔을 기울이다 불콰해진 제자의 한마디가 내 가슴을 흔들었다.

"우리에게 소중한 것은 다 공짜랍니다."

우리가 태어난 것부터가 공짜였다. 부모로부터 받은 사랑도 모두 공짜였다. 생존에 꼭 필요한 공기며 햇빛이며 하늘에서 쏟아지는 빗물과 드넓은 바다와 제아무리 높은 산도 공짜다. 한없이 고마워해야 하는데 모두 당연한 것이라고 생각하며 살았다. 그러나 공짜로 누린다고 해서 가치가 없는 것이 아니며 공짜로 주어지는 이 모든 것을 누리는 데에는 한계가 있다. 건강을 잃으면 공짜로 주어진 것도 누릴 수 없는 것이다.

사람은 반드시 흔적을 남기고 떠나기 마련이어서 누구나 자기 흔적을 가치 있게 만들려고 노력한다. 명함 한 장으로 자신의 존재 가치와 자기 흔적을 집약하기도 한다. 내가 누구인가를 상대에게 알리려 노력하는 것이다. 나도 별수 없이 남보다 잘한다, 남보다 잘났다, 남보다 잘산다는 말을 들으려고 무던히도 애썼던 것 같다. 세상을 떠난 뒤에도 괜찮은 사람으로 기억되고 싶어 안달했던 것 같다. 인간의 욕망은 결핍에서 나온다고 했는데 나는 한없이 채우려고 했지 비우려고 하지 않은 것 같다. 책을 많이 읽으려 하기보다 책을 많이 펴내기만 했다. 그 모두가 남에게 잘 보이려고 그랬던 게 아닌가 싶다.

세 돌밖에 안 된 손자 녀석의 한마디에 나의 욕망이 허망하다는 걸 알게 되었다. 젊은 시절에 방송 진행자로 보신각종 타종 소식을 중계하며 언젠가는 나도 타종을 해보면 좋겠다는 생각을 했었다. 그러다 2016년 광복절에 서울시장의 초청을 받아 시민대표로 보신각종을 타종하게 되었다. 아들과 며느리가 어린 손자에게 할아버지의 타종 모습을 보여주려고 함께 참석했다. 제 아비의 목마를 탄 손자 녀석이 한복 입은 할아버지가 타종할 때마다 긴장하는 눈빛으로 지켜봤다.

이튿날 손자가 놀러 왔기에 할아버지가 뭐 하는 사람이냐고 물었더니 "종 치는 사람!"이라고 했다. 그렇구나. 세상은 내가 보여준 대로 판단하는 것이지 내가 원하는 대로 알아주는 게 아니었다.

18년 동안 유배 생활을 하고 고향 집으로 돌아온 다산 정약용은 더위를 물리치는 방법으로 묵은 책을 꺼내어 바람 쐬어 먼지를 털고 습기를 제거하는 포쇄(曝曬)를 했다고 한다.

가을을 마중하기 위해 나는 마음을 꺼내 바람 쐬기를 하려고 두 손을 모았다. 소중한 것은 다 공짜니까 마음껏 즐기자며.

우리에게 소중한 것은 다 공짜다.

공짜로 누린다고 해서 가치가 없는 것이 아니며

공짜로 주어지는 이 모든 것을 누리는 데에는 한계가 있다.

힘껏 마음을 내어 마음껏 즐기자.

자박자박 걸어요

초판 1쇄 2021년 3월 10일
초판 5쇄 2024년 4월 20일

지은이 | 김홍신
펴낸이 | 송영석

주간 | 이혜진
편집장 | 박신애 **기획편집** | 최예은 · 조아혜 · 정엄지
디자인 | 박윤정 · 유보람
마케팅 | 김유종 · 한승민
관리 | 송우석 · 전지연 · 채경민

펴낸곳 | (株)해냄출판사
등록번호 | 제10-229호
등록일자 | 1988년 5월 11일(설립일자 | 1983년 6월 24일)

04042 서울시 마포구 잔다리로 30 해냄빌딩 5 · 6층
대표전화 | 326-1600 **팩스** | 326-1624
홈페이지 | www.hainaim.com

ISBN 978-89-6574-353-8